長編小説

蜜会 濡れる未亡人

〈新装版〉

葉月奏太

竹書房文庫

目次

第一章　未亡人の憂鬱　5
第二章　禁断の一夜　65
第三章　披露宴の裏で　115
第四章　発情する女肌　165
第五章　快楽の虜　224
第六章　離れられない　273
エピローグ　312

第一章　未亡人の憂鬱《ゆううつ》

1

「ああンっ……」

ネグリジェの上から、そっと乳房を握り締める。途端に半開きになった唇から、艶《つや》っぽい吐息が溢れだした。

サイドテーブルのスタンドが、寝室をぼんやりと照らしている。

淡い光のなかで、麻倉美佐子《あさくらみさこ》は自分の身体を抱きしめていた。三十二歳の熟れた肉体は、今夜もたっぷりと欲求を溜めこんでいるようだ。

ダブルベッドはひとりで寝るには広すぎる。一日のうちで一番寂しくなるのはこの時間だった。ワインで火照《ほて》った身体を横たえるたび、夫に先立たれた未亡人の孤独を痛切なまでに感じるのだ。

白いシーツに栗色の髪が扇状にひろがっている。身悶えすると、まるで髪に生命が宿ったように艶《なま》めかしく蠢《うごめ》いた。

「あぅっ……ンふぅっ……」

左手で右の乳房を揉みあげる。寝るときにブラジャーは着けない習慣だ。ネグリジェの薄い生地越しに柔らかい肉丘を捏《こ》ねまわし、自分を焦《じ》らすように肩紐をゆっくりとおろしていく。

たわわに実った乳房が露わになり、恥ずかしさに興奮を覚える。そっと手を添えて揉みほぐすと、それだけで息遣《いきづか》いが乱れはじめた。

「はああンっ……」

指先を徐々に頂点へと滑らせる。硬く尖《とが》り勃《た》っている乳首を意識しながら、指先で円を描くように乳輪をそっとなぞりまわす。乳首には触れることなく、反対側の乳房にも同じ愛撫を施した。

「あっ……あっ……あなた……ンンっ」

内腿《うちもも》を擦り合わせて、くびれた腰を挑発的にくねらせる。頭のなかに思い浮かべるのは、もちろん愛する夫の顔だった。

性欲が特別強いわけではない。実際、夫が亡《な》くなる前も、積極的に身体を重ねていたわけではなかった。

だが、いざ独り身になってみると、下腹部がどうしようもなく疼《うず》く夜がある。試しに一度股間に指を這《は》わせてから、すっかり癖になってしまった。それまでオナニーの経験はなかったが、今では寝る前の日課となっていた。

（寂しいから……だから、こんなこと……）

自分に言いわけをしながら、臍《へそ》の上に置いていた右手を下腹部にゆっくりと移動させる。ネグリジェの裾《すそ》を少しずつたくしあげ、ぴっちり閉じ合わせている太腿を剝《む》きだしにした。

純白のパンティが張りついた恥丘を、そっと手のひらで撫でまわす。もちろん、その間も左手では乳房を揉みほぐしていた。

「ああっ、お願い……もっと」

夫の愛撫を思いだすだけで、自然と感度がアップする。鼻息が荒くなり、身体はさらに強い刺激を求めてじっとりと汗ばんだ。もはや自分の手ではなく、亡夫に愛されている気分だった。

——美佐子、脚を開いてごらん。ほら、恥ずかしがらないで。

やさしい口調で命じられるのを妄想して、もじもじさせている太腿をゆっくりと開いていく。ダブルベッドの中央ではしたなく下肢を割りひろげると、欲情の染みを浮かべたパンティの股間が剝きだしになった。

「いや、恥ずかしい……」

つぶやきながらも脚を閉じることはない。それどころか、膝を立てたM字開脚でこれでもかと開帳するのだ。

右手の中指で、恥丘の縦溝をそっとなぞる。船底に向かってじりじり滑らせていくと、パンティ越しに肉の突起が感じられた。

「あぅっ……あなた、そこ……そこを……」

発情して膨らんだ肉芽と、充血して硬くなった乳首を同時に摘《つま》みあげる。途端に快感電流が全身に流れて、股間の奥からクチュッという卑猥な音が響き渡った。

「あンンンッ……」

自慰が加速するほどに、さらなる快感が欲しくなる。

独り身の寂しさを紛《まぎ》らわせるためなのか、それとも熟れた肉体が発情しているだけなのか。いずれにせよ、女体は狂おしいほどに肉の愉悦《ゆえつ》を求めていた。

パンティの股布を脇に寄せて、女の源泉を剝きだしにする。サーモンピンクの陰唇は、スタンドの薄明かりを受けて妖《あや》しく濡れ光っていた。

震える指先で恥毛を掻《か》きわけると、濡れそぼった膣口をいじりまわす。だが、指を挿入する勇気はなく、敏感な肉の突起をヌルヌルと扱《しご》きあげた。

「あひぃッ、す、すごいっ、あなた……あなたぁっ」

未亡人はどんなに取り繕《つくろ》っても、心のなかでは激しい刺激を求めている。

勃起した肉芽を押し潰し、同時に乳房を強く握りしめた。乳首を指の股で強く挟みこみ、さらなる快感を自分の身体に送りこむ。全身の細胞が痙攣《けいれん》をはじめて、ヒップがシーツから浮きあがった。

「もっと、ああンっ、もっとよ……あッ、ああッ」

深夜に火照った肉体を慰《なぐさ》めている。下肢を大きく開いたまま、淫らがましく股間をしゃくりあげていた。一時的な誤魔化しでしかないのにどうしてもやめられない。寂《せき》寥《りょう》感と羞恥心が刺激となり、さらなる肉の愉悦が押し寄せてきた。

「あッ、あッ、も、もうダメっ、わたし、こんな恥ずかしい格好で……ああッ、あなたもいっしょに、お願い、もう……ンあぁッ、あああぁぁぁぁぁッ！」

こらえきれないよがり啼《な》きが響き渡った。腰がガクガク震えて、新たな華蜜が溢れだす。アクメの瞬間だけは、すべてを忘れて快楽に没頭することができた。

だが、肉体の火照りが冷めてくると、心に隙間風が流れこんでくる。乱れた呼吸を整えながら絶頂の余韻《よいん》のなかを漂っているうち、胸の奥に後悔の念がひろがりはじめた。いつもこの虚《むな》しさのなかで眠りに落ちるのだ。日を追うごとに感度が増しているような気がする。心の空虚感を埋めるためのオナニーは、未亡人の性欲をさらに高める結果となっていた。

スタンドの明かりを消すことなく、そっと睫毛《まつげ》を伏せていく。

気怠《けだる》い疲労感に包まれて眠りに落ちそうになったそのとき、サイドテーブルに置いてある携帯電話が着信音を奏《かな》ではじめた。

2

家族団欒《だんらん》の時間だというのに、オフィス街に林立するビルディングの窓は煌々《こうこう》と輝いていた。

景気の善し悪しに関係なく、深夜まで働いているビジネスマンは大勢いる。朝まで明かりが消えない窓も少なくない。

外資系化粧品会社であるミラノ化粧品の本部も、そんな眠らないビルの一角に入っていた。

美佐子はマーケティング部の主任を務めている。この日も全国の販売店からパソコンに送られてくるデータの整理に追われていた。

モニターを見つめる表情は凜《りん》としている。マウスを操作する指はすらりとしなやかで、ダブルクリックする音には仕事に対する自信が感じられた。

蛍光灯の光を浴びた栗色の髪は背中のなかほどまであり、毛先に軽くウェーブがかかっている。白いシャツに黒のパンツスーツが行動的だ。ジャケットのウエストが締まっているので、スタイルのよさが強調されていた。

時刻は夜の七時をまわったばかり。比較的早い時間帯だが、二十五階のオフィスには美佐子しか残っていない。七月の異常とも言える蒸《む》し暑さも、エアコンが効いている室内では快適そのものだった。

ミラノ化粧品では、就業時間内に仕事をこなすよう指導されていた。時間外手当はなく、残業する者は要領が悪いと見なされる。いかに密度の濃い仕事をするかが評価の対象とされていた。外資系ならではの実力主義だ。

しかし、マーケティング部門だけは他の部署と異なっていた。

遅い時間帯まで営業する販売店が増えており、データは途切れることなく次々と送られてくる。各店舗での顧客の生の反応や意見を素早く整理して、翌朝までに商品開発部門やプロモーションにフィードバックさせなければならない。

特別残業手当を提示されても、深夜までの孤独な作業と重責に誰もが二の足を踏んでいた。その役目を美佐子が自ら引き受けているのだ。

美佐子は腕時計に視線を落とすと、キーボードを叩く指を休めた。

（あの子ったら、この忙しいときに……）

約束の時間は八時だから、あと四十分しかない。小さく溜め息をついて、疲れの溜まった目頭を指先でそっと押さえた。

残業はいつものことだ。マンションに帰ってもひとりなので、どんなに遅くなっても構わない。だが、今日は適当なところで切りあげるしかなさそうだ。明日の朝二時間ほど早く出社すれば、残りの作業も片づくだろう。

三年前に夫を亡くしてから、仕事だけが生き甲斐《がい》になっていた。

夫の篤史《あつし》は大学時代の同級生だ。ソフト会社でプログラマーをしていたが、二十九歳で結婚した直後に肺癌《はいがん》が発見された。若かったために病状の進行が早く、半年後にはこの世を去ってしまった。

人生でこれほど落ちこんだことはない。夫の後を追うことさえ考えていたとき、結婚前に働いていたミラノ化粧品から声がかかった。

悲しみを忘れたくて仕事に没頭した。自宅に帰るよりも、オフィスにいるほうが楽だった。気づいたときには主任に昇格し、すっかり頼られる存在となっていた。今や自他共に認めるマーケティング部門のエースだ。だが……。

（篤史さん……）

心のなかで夫の名を呼び、思わず苦笑する。

いまだに夫のことが忘れられない。男性から誘われることもあるが、すべて丁重にお断りしている。正直なところ再婚は考えていなかった。

深夜まで残業して、ひとり暮らしのマンションに帰ると熱いシャワーを浴びる。生ハムとチーズを肴《さかな》にワインをひとくち。疲れた身体に程よく酔いがまわると、ベッドに潜りこむ。そんな生活が嫌いではなかった。

キャリアウーマンも悪くない。

本気でそう思っていた。いや、そう思いこんでいたと言ったほうがいいかもしれない。昨夜遅く、妹から電話があるまでは……。

——もしもし、お姉ちゃん？

声を聞くのは久しぶりだが、すぐに妹の朋美《ともみ》だとわかった。

六つ年下の二十六歳で、中堅事務機器メーカーでＯＬをしている。庶務課に勤務しており、本人曰《いわ》く「雑用係」ということだ。お互い東京に出てきているのに、会うのは年に数回だけだった。

――あのね。わたし、結婚するの。今度、彼に会ってもらえないかな。

オナニーの余韻も吹き飛ぶほどの強い衝撃を受けた。いつかこういう日が来ると覚悟していたが、祝福する気持ちより寂しさのほうがはるかに大きかった。

しかも結婚式は来月だという。実の姉とはいえ、夫を亡くしている美佐子には言いづらかったらしい。半年前に静岡の実家に連れていき、両親との対面も済ませたという。彼の実家は名古屋ということだった。

式まで一ヵ月しかない。美佐子は、明日会いましょうと妹に言った。急遽《きゅうきょ》残業を早めに切りあげて、会社の近くで落ち合うことにした。

――それとね、会う前に……ううん、やっぱりいいや。

電話を切ろうとしたときだった。朋美はなにかを言いかけて言葉を濁《にご》した。心配事でもあるのだろうか。期待と不安の入り混じった昨夜の妹の声が、耳の奥にこびりついていた。とにかく、まだまだ子供だと思っていた妹が結婚する。その事実が美佐子の心を想像以上に揺さぶっていた。

（わたし……これから、どうなるのかしら？）

妹の結婚を実感するにつれて、どうしても自分の将来を考えてしまう。本当に独り身のまま生涯を終えることになるのだろうか。

憂《うれ》いを帯びた表情で髪を掻きあげたとき、突然オフィスのドアが開いた。

「麻倉くん、まだ残ってたのか」

グレーのスーツ姿の男性が入ってくる。マーケティング部長の堂島勇治《どうじまゆうじ》だ。

黒髪をポマードでオールバックに固めており、長身のがっしりとした体躯《たいく》で精悍《せいかん》な顔立ちをしている。厳しそうだが頼りがいのある上司といった雰囲気だ。四十四歳で独身なのは、仕事が恋人だからと陰で噂されていた。

「ちょっと忘れ物があってね」

堂島はなにかと理由をつけてオフィスに戻っては、ついでにといった感じでデスクに向かう。毎日残業している美佐子にとっては見慣れた光景だ。

ミラノ化粧品では、管理職の定時退社を徹底していた。上司が遅くまで残っていては、部下が帰りにくいという理由だ。ゆえに堂島はいったん退社して、休憩がてら近くのカフェでコーヒーを飲んでから戻ってくるようだった。

しかし、販売店や営業所からあがってくるデータの処理は、美佐子がひとりいれば充分だ。堂島がわざわざ残業をする必要はなかった。

「部長、またお忘れ物ですか？」

直属の上司を無視するわけにもいかず、お決まりの言葉をかけてみる。すると堂島もいつものように「まあね」と素っ気なく返してきた。

（女の子を誘って飲みにでも行けばいいのに……）

若い社員の間で堂島の人気は高い。仕事ができるうえに人望もあり、外見も悪くない。苦み走った大人の男といった雰囲気で、少し陰があるのもミステリアスで女心をくすぐるのだ。まさに理想の上司像と言えるだろう。

いい歳をして独り身なのは、若い娘と適当に楽しんでいるからなのか、それとも本当に仕事が恋人なのか。

「僕のほうは終わったから手伝うよ」

堂島は自分のデスクでパソコンを少しだけ操作すると、さりげなさを装って声をかけてきた。やはり残業する必要などなかったのだろう。

「ありがとうございます。わたしも終わったところです」

美佐子はデータを保存すると、素早くパソコンの電源を落とす。堂島が次になにを言うかは想像がついていた。

「どう、これから一杯」

いつものように軽い調子で誘われるが、迷うことなく首を横に振る。

「明日も早いですから」

あえて「今から妹に会うので」とは口にしない。それを言ってしまうと、次回断るときにも理由が必要になる。今後も誘いに乗る気がないのなら、自分の首を絞めるような言動は避けるべきだ。

「残念。じゃ、またの機会に」

堂島は断られるのがわかっていたように、おおげさに肩を竦《すく》めてみせる。そして諦めも早く、あっさりと踵《きびす》を返した。

(部長……ごめんなさい)

悪い人ではない。そのことは誰よりも美佐子が一番よくわかっていた。

じつは夫が亡くなったとき、会社に戻ってくるように声をかけてくれたのが堂島だった。美佐子は結婚退職前もマーケティング部に所属していたので、かつての部下に救いの手を差し伸べてくれた格好だ。

ブランクは約一年に及んだが、彼の手助けですぐに仕事の勘を取り戻すことができた。しかし、夫のことを忘れられない以上、他の男性とは付き合えない。もちろん堂島には感謝はしているが、気持ちに応えることはできなかった。

最愛の夫を亡くしてもうすぐ三年が経とうとしている。

専業主婦として一度は家庭に収まった美佐子が、再び社会に出て働くのは想像以上に大変なことだった。なにより同情の目で見られることに抵抗を覚えた。

若くして未亡人となった美佐子に、誰もが表面上だけのやさしさで接してくる。強くならなければと思った。仕事に没頭しているのは、寂しさを誤魔化すためだけではなく、社会につけこまれないようにするためでもあるのだ。

愛する人を失う悲しみは二度と味わいたくない。もし誰かと再婚しても、同じ目に遭《あ》うのではないかと考えてしまう。

とにかく、夫を亡くした憐《あわ》れな女だと思われたくなかった。


待ち合わせの場所には美佐子が先に到着した。

昨夜の電話で美佐子が指定したのは、会社に比較的近い手頃なイタリアンレストランだ。間接照明が落ち着いており、雰囲気は悪くなかった。

水曜日の夜ということで、店内は比較的空いている。できれば週末がよかったのだが、彼の仕事の関係で水曜日しか会えないということだった。

（朋美が結婚……か……）

席について、しみじみと考える。

妹には幸せになってほしいと心から思う。反対する気はないが、可愛い妹の伴侶《はんりょ》となる男性をチェックするのは姉としての責務だった。

一番気になるのは健康状態。そして第二にどんな仕事をしているのか。なにも大金持ちである必要はないが、妹を幸せにできるだけの経済力を持ち合わせているかは気になるところだ。

「お姉ちゃん。ごめん、待った？」

声をかけられて振り返ると、クリーム色のスカートスーツに身を包んだ朋美が立っていた。彼女の顔には、幼い頃と同じ屈託のない笑みが浮かんでいる。

――遅いじゃない。

喉もとまで出かかった言葉を反射的に呑みこんだ。美佐子の視線は、妹の斜め後方に立つ男性に注がれていた。

（え……この人が朋美の婚約者？）

線の細いすらりとした体つきの青年だ。いかにも新調しましたといった感じの紺色のスーツを着て、やさしげな顔を緊張で強《こわ》ばらせている。

「あ、紹介するね。この人は北村浩之《きたむらひろゆき》さん。わたしの……婚約者です」

朋美は頬を染めながら、手のひらで彼のことを示した。すると浩之は半歩前に進みでて、まるでロボットのように腰を折り曲げる。

「はっ、初めましてっ、北村浩之と申します」

すっかりあがっている様子で、完全に声が掠《かす》れていた。

（似てる……篤史さんに……）

それが美佐子の第一印象だった。

顔がそっくりというわけではない。だが、纏《まと》っている雰囲気が亡くなった夫に似ているのだ。思わず言葉を失い、見惚《みと》れてしまうほどに……。

しばらく目を丸くしていたが、妙な間が空いたことに気づいてハッとする。慌てて立ちあがると、丁寧に頭をさげた。

「申し遅れました。朋美の姉の麻倉美佐子です」

二人を席に座るようにうながし、とりあえずオーダーを済ませる。そして、あらためて妹の婚約者に視線を向けた。

「お話は妹からうかがっています。もちろん反対するつもりはありません」

平静を装って話しかけるが、頬のあたりが上気してくるのがわかった。

浩之は背筋をピンと伸ばして座っている。「お姉ちゃんが関門だよ」とでも吹きこまれているのだろう。その必死すぎる表情から、妹に対する真摯《しんし》な気持ちがひしひしと伝わってきた。

「妹が選んだ人なら大丈夫でしょう。あまり緊張なさらないでください」

その言葉で浩之は硬いながらも頷き、朋美は安堵《あんど》したように微笑《ほほえ》んだ。

しかし、一番緊張しているのは美佐子かもしれない。何気ない仕草が篤史にそっくりだ。他人だとわかっているが、胸の高鳴りを抑えることができなかった。

「彼、なにをしてる人だと思う？」

朋美が話題を提供するように、もったいぶって切りだした。

彼のことを高く評価してもらいたいのだろう。のんびりした性格の妹にしては、珍しく積極的だった。

「じつはね、イタリア料理のシェフなんだよ」

「まあ、そうなの……あっ、ごめんなさい」

イタリアンレストランに連れてきたことを後悔する。まさかイタリア料理のシェフだとは思いもしなかった。

「そんな、お気になさらないでください。お仕事でお疲れのところ、お会いしていただけただけでもありがたいです」

浩之が慌てた様子で頭をさげる。性格も真面目《まじめ》そうで好感が持てた。

「僕の仕事の都合で、平日になってしまって申し訳ございません」

彼の働いているレストランは、夜の十一時まで営業しているという。閉店後は厨房の清掃をするので、どんなに早くても店を出るのは十二時を過ぎる。というわけで、店の定休日である水曜日に会うことになったのだ。

浩之が何度も頭をさげるが、朋美はそっぽを向いてミネラルウォーターを飲んでいる。こうやって知らん顔するところは、子供の頃から変わっていなかった。

「朋美はわがままなところがあるから、結婚したら苦労するわよ」

わざと憎まれ口を叩いてみるが、浩之はまったく怯《ひる》まない。それどころか初めてまっすぐ美佐子の目を見つめると、男らしくきっぱりと言い切った。

「朋美さんを必ず幸せにしてみせます。僕たちの結婚を認めてください」

真剣な声が亡夫に似ている。胸の奥がキュンとなり、無意識のうちに篤史の面影を重ねてしまう。

「あ……こ、こちらこそ、妹をよろしくお願いします」

美佐子は自分がプロポーズされたような気持ちになり、思わず赤面しながら答えていた。一番気になっていた健康状態も良好らしい。彼にならら妹をまかせられるような気がした。

料理が運ばれてくると、ようやく場の空気がやわらいでくる。雑談を交えながら少しずつ距離を縮めて、家族になる準備を整えていく。

「お姉ちゃん、いるんでしょ？　恋人」

いつしか話題は、美佐子の望まない方へと流れだしていた。

「いないわ」

「じゃあ、好きな人は？　気になってる人とか」

一瞬、堂島の顔を思い浮かべる。が、すぐに打ち消した。

「わたしはもういいの。このまま独り身を通すわ」

「そんな、もったいないですよ」

唐突に浩之が口を挟んだ。基本的に口数は少ないが、このときは妙に力強く語りかけてきた。

「美佐子さん、すごくお綺麗ですよ」

「え……ありがとう……。お世辞でも嬉しいわ」

思わず目もとを染めて視線をそらす。グラスのワインを呷《あお》り、おどけた振りをして肩を竦めた。

「お姉ちゃん、ヒロくんのこと盗《と》らないでね」

朋美が悪戯《いたずら》っぽく笑う。二人きりのときは「ヒロくん」と呼んでいるらしい。

「馬鹿ね。妹の婚約者を盗る姉がどこにいますか。でも、そうね。週末だけ貸してもらうかもしれないわ」

美佐子もすかさず冗談で返していく。だが、心のなかには小波《さざなみ》が立っていた。

「ところで、朋美。電話でなにか言いかけてたじゃない。彼に会わせる前に言っておきたいことがあるとか、なんとかって」

「えっ、そうだっけ？　忘れちゃった」

なにかを誤魔化している。あのときの朋美は少々深刻そうだった。だが、今は追及しないことにする。彼の前では言いにくいこともあるだろう。

「ねえねえ、お姉ちゃん。ヒロくんってどう思う？」

「いい人ね。あなたのこと幸せにしてくれそう」

まさか亡くなった篤史に似ているなどとは言えない。今は姉として、妹の結婚を祝福してあげるべきだった。

「そう……。うん、ありがとう」

朋美は微かに首をかしげると、すぐに気を取り直したように微笑んだ。

「朋美ちゃん、そろそろ遅いから」

「そうだね。お姉ちゃん、明日も早いんでしょ？」

美佐子は「そうね」と小さく頷いた。そして視界の隅に映る浩之に、亡き夫の姿をそっと重ねるのだった。


「ああン……もう……」

自宅マンションに戻った美佐子は、熱いシャワーに打たれながら火照った裸体を抱き締めた。

ベッドに行くまで我慢できない。こんなことは初めてだった。

妹たちと飲んだワインのせいだろうか。いや、理由が別のところにあるのは、美佐子自身が一番よくわかっていた。

上向けた顔に、直接シャワーを浴びつづける。そうしながら濡れた乳房を揉みしだき、股間に右手を伸ばしていく。湿った陰毛に手のひらをあてがい、中指を内腿の間に忍ばせた。

「はうンンっ……」

縦溝にぴっちり密着させると、それだけで裸体にビクッと震えが走り抜ける。

左手で乳房を揉みしだき、右手の中指で膣口周辺をいじりまわす。シャワーとは異なる華蜜でぐっしょり濡れており、淫肉はトロトロに蕩《とろ》けきっていた。

(やだ、こんなに濡れてる)

いつもなら肉芽を捏ねまわすところだが、指先は膣口から離れない。執拗《しつよう》に媚肉を擦っては、女穴の入り口を小刻みにノックしていた。

(わたし……どうしたのかしら?)

これまでにないほど身体が火照っている。今夜は無性に男根が恋しかった。

妹の婚約者――浩之に会ったことで、亡き夫への想いがどうしようもないほど膨れあがっている。妹たちと別れてタクシーに乗ったとき、すでに欲情を覚えて内腿を擦り合わせていたのだ。

「ああっ、欲しい……ンンンっ」

膣口にあてがった中指にそっと力をこめると、いとも簡単にズブズブと沈みこんでいく。途端に甘い愉悦がひろがり、膣襞《ちつひだ》がいっせいにざわめいた。

(すごいわ、これ……我慢できない)

みっしり詰まった媚肉の狭間《はざま》に、さらに指を押しこんだ。自然と膝が曲がり、ヒップを後ろに突きだす情けない格好になる。それでも構わず、中指を根元までぴっちり埋めこんだ。

（入ったわ、全部……）

膣道が驚いたように収縮して、指を強烈に締めあげる。指を挿入してのオナニーは初めてだ。いつもはクリトリスをいじることで満足していた。しかし、今夜は逞《たくま》しい物で突かれたかった。

「あふっ……あっ……あっ……」

軽く指を動かすだけで、切れぎれの喘ぎ声がバスルームに響き渡る。

夫が亡くなってから三年間、美佐子の膣は処女のように閉ざされていたのだ。敏感な粘膜を軽く擦るだけで、眩暈《めまい》がしそうな快感が突き抜けた。

「あなた……もっと激しく」

愛する夫の顔を思い浮かべて、シャワーを浴びながら腰を振る。はしたなく快楽を貪り、果汁が溢れる蜜壺をグチュグチュと掻きまわした。

「あううッ、篤史さん、こんなにされたら、わたし、あああッ」

太腿を開きながらも内股になり、足の指先をキュッと内側に丸めこむ。左手では乳房を強く握り、指先で乳首を押し潰す。膣に埋めこんだ中指もピストンさせて、蕩けた粘膜を猛烈に摩擦した。

「ああぁッ、篤史さんっ、あッ、あッ、いいっ、すごくいいのっ、あうぅッ、もうおかしくなるっ、ひぃッ、ひあぁあぁぁぁぁぁッ！」

全身に痙攣が走り抜けて、あられもないよがり声が迸《ほとばし》る。シャワーが降り注ぐなかで背筋を反り返らせ、ついに絶頂へと昇りつめていった。

膝がくずおれそうになり、慌てて壁に両手を突いて身体を支える。愛蜜がツツーッと内腿を伝い落ちるのを感じながら、うっとりと瞳を閉じていく。しかし、瞼《まぶた》の裏に浮かんだのは、愛する夫の顔ではなかった。

美佐子は慌てて頭から熱いシャワーを浴びると、脳裏で微笑んでいる浩之の顔を打ち消した。

3

翌日、木曜日の夜――。

美佐子と堂島は、バーのカウンターで肩を並べていた。

オフィス街にほど近いホテルの最上階。しっとりと落ち着いた雰囲気の店内を、間接照明が柔らかく照らしている。窓から見渡せる夜景は、まるで甘いカクテルのように、多くの女を酔わせてきたことだろう。

「嬉しい誤算、ってやつだな」

堂島がひとり言のようにつぶやいた。視線はカウンターの奥に並んだグラスに向けられている。

「……え？」

美佐子は男の横顔を見つめて聞き返す。興味はなかったが、そうするのが礼儀のような気がした。

こうして二人きりで飲みに来るのは初めてのことだった。

いつものように残業していると、いったん退社した堂島が戻ってきた。そして帰り際に「一杯どうだい」と誘われたのだ。どうして今夜に限って頷いたのか、自分でもわからなかった。

「ずっと振られてたからな。こうしていっしょに飲めるとは思わなかったよ」

堂島はバーボンのロックが注がれたグラスを目の高さに持ちあげると、気障《きざ》っぽく微笑んだ。

美佐子もカクテルグラスの細い脚を摘み、無言のままそっと掲げた。

会社では人のいい上司だが、酒が入れば口説《くど》かれるかもしれない。大人の男と女だから、その可能性を考えないわけではなかった。

(お酒を付き合うだけよ……)

自分にそう言い訳をしながら、とろみのあるカクテルを喉に流しこむ。

昨夜、妹たちと会ったせいかもしれない。明かりの灯《とも》っていないマンションにひとりで帰りたくなかった。誰でもいいからそばにいて欲しかったのだ。

「はぁ……」

カクテルグラスを空けて、小さな溜め息をつく。

また浩之の顔が脳裏によみがえってくる。なぜ朋美は彼を選んだのだろう。姉妹というのは、似たようなタイプに惹《ひ》かれるのだろうか。

(そういえば朋美……篤史さんのこと、気に入ってたなぁ)

アルコールが入ったせいか、死んだ夫が無性に恋しい。ともすると涙が溢れそうになり、何度も気持ちを引き締めなければならなかった。

「で、最近はどう?」

堂島はバーボンとカクテルのおかわりを注文すると、あえて軽い口調で話題を提供してきた。しんみりしている美佐子に気を遣ったのかもしれない。

「新製品のファンデーションは軌道に乗ってきたようです。出足こそ鈍かったですが、今月の販売目標はクリアできると思います。従来の商品も出ていますし──」

モニターに表示されたグラフを頭のなかに浮かべながら律儀に答えるが、堂島は小さく首を振って遮《さえぎ》った。

「いや、そうじゃなくて、僕が聞きたいのはプライベートのことさ」

堂島のストレートな言葉に、美佐子は思わずたじろいだ。

これまで会社の人たちと個人的な付き合いはいっさいない。恩人である堂島も同様だ。仕事以外の会話を交わしたことは皆無といってもいいだろう。

最愛の夫を亡くして悲しみに沈みながらも、同情されるのを拒んで強がりつづけた結果だった。感情を抑えこんで仕事に没頭する若き未亡人に、誰もが近寄りがたい雰囲気を感じているのだ。

「今のはセクハラになるのかな」

美佐子が戸惑って黙りこむと、堂島は困ったような苦笑を浮かべた。

「女性の部下へのプライベートな質問は厳禁だ、って聞いたことがあるからさ」

オフィスでは自信満々の男が、頼りなさそうに視線をさ迷わせている。こんな姿を若い女子社員たちが見たら、一気に幻滅してしまうだろう。

（意外だわ。部長でもこんなことあるのね）

堂島の素《す》の一面が垣間見えたことで、美佐子の心は少しだけ軽くなっていた。

「若い娘たちのプライベートは詮索しないほうがいいですよ」

わざと冷たく言い放ってみる。すると堂島は驚いた目を向けてから、安心したようにふっと口もとをゆるめた。

「でも、相手にもよるんだろう？　好意を抱いている男にならなにを言われてもセクハラにはならない」

自信家の堂島らしい言葉だ。いつもの調子が戻っている。グラスを掲げて口もとに薄い笑みを浮かべると、琥珀《こはく》色の液体を喉に流しこんだ。

「惚れた女のプライベートが気になるのは、男として当然のことじゃないかな」

日頃からこうやって女の子をつまみ食いしているのかもしれない。仕事のできる上司も、会社を一歩出れば男だということだ。

「部長もそんな冗談をおっしゃるんですね」

「僕だって普通の男さ。ところで〝部長〟って呼ぶのはやめにしないか。もう仕事は終わったんだ」

堂島の顔から昼間の厳しさが消えていた。確かに息抜きも必要かもしれない。美佐子も釣られるようにして肩から力を抜いていった。

「それでは……堂島さん」

「うむ、よろしい」

お互いの視線が交錯し、自然と口もとがほころんだ。

「今さらだけど、麻倉くんが戻ってくれて本当に助かってるんだ」

堂島はいくらかフランクな調子で話しはじめた。

職場では決して触れることのない、夫を亡くして仕事に復帰した話だ。もちろん他意がないことはわかっているが、堂島は慌てて言葉を補った。

「あ、誤解しないでくれよ。僕は仕事一筋の冷血人間みたいに言われることがあるけど、こう見えても麻倉くんの幸せを誰よりも願ってたんだ」

「わかってます……ふふっ」

とりとめのない会話とカクテルが、張りつめていた気持ちを徐々にリラックスさせる。

お酒はひとりで飲むより、誰かといっしょのほうが断然美味《おい》しい。そんな当たり前のことを再確認する。

「で、今夜はどうする？」

ほろ酔い気分になってきたとき、堂島がさり気なく切りだした。

いつもの美佐子なら「タクシーを拾います」と言下に告げているところだ。だが、この日に限って言葉に詰まってしまう。

妹が結婚すると聞いて、ふと女の幸せについて考えてしまったせいだろうか。こうして男の人と二人きりで飲んでいると、自分も女であることを生々しいほどに自覚してしまう。

(帰りたくない……)

ふと、そう思った。自分でも意外だが、気持ちはとめられない。

マンションのドアを開ける瞬間が嫌いだった。暗い闇がひろがっている部屋を見たくない。夫の顔が脳裏をよぎり、そこに浩之の顔が重なった。

妹よりも先に出会っていれば……。

そんなつまらないことを考えてしまう夜は、誰かといっしょにいたいと切実なまでに願ってしまう。

「キミの苦労と努力は僕が一番よく理解しているつもりだ」

「堂島さん……」

「たまには女に戻る時間も必要なんじゃないかな」

カクテルに酔ったのか、それとも雰囲気に酔ったのか、不覚にも涙腺がゆるみそうになり黙りこむ。するとそれが肯定と受け取られたらしい。

「麻倉くん、行こうか」

膝の上に置いていた手を握られて、美佐子はうつむいたまま立ちあがった。


堂島はあらかじめ部屋をとっていた。

なぜか悪い気はしなかった。上司として尊敬しているからなのか、エスコートが上手いだけなのか。もしかしたら、その両方なのかもしれない。

若くして未亡人になったことを同情されたくない、ずっとそう思ってきた。だが、女として見られていることが嫌ではない。それどころか、か弱い者として扱われることに心地よさを感じている。

ムーディな間接照明とダブルベッドが生々しい。こうして男性と二人きりでいると、嫌でも夜の営みを想像してしまう。

（どうしたのかしら……わたし……）

思った以上にカクテルがまわっているのだろうか。所在なげに窓辺に立ち、眼下にひろがる夜景を見るともなしに眺めていた。

誰かに縋《すが》りたい夜もある。だが、素直になれない自分もいた。ホテルの部屋にいることが信じられない。このままだと、亡き夫を裏切ることになってしまう。今さらながら、後悔の念がこみあげてきた。

堂島が背後に立つのが窓ガラスに映った。スーツの上着を脱ぎ、ワイシャツ姿になっている。

「キミも楽にしたらいい」

「あ……」

両肩にそっと手のひらが重ねられた。たったそれだけで、身体がビクッと震えてしまう。まるで初心《うぶ》な少女のようで恥ずかしい。こんなふうに男の人に触れられるのは、夫を亡くしてから初めてだった。

(篤史さん、どうしたらいいの?)

胸のうちで問いかける。夫には申し訳ないと思うが、寂しさを自覚している今は拒みきれそうにない。

罪悪感と寂寥感がせめぎ合う。戸惑っている間に夏物の薄手のジャケットを脱がされて、白いシャツの肩を抱き締められた。

「ちょっと……ンンっ」

いきなり唇を重ねられ、反射的に手のひらを男の胸に押し当てる。堂島はすぐに顔を離したが、肩はしっかり抱いたままだった。

「……困ります」

小声でつぶやきうつむいていく。唇の表面が触れるだけの軽いキスだが、罪の意識はあまりにも大きかった。

未亡人になり、もう二度とキスをすることはないと思っていた。それなのに、これほど簡単に許してしまうなんて……。

三年前の病室で、冷たくなった夫と交わしたのが最後の口づけだった。様々な感情が一気にこみあげて、思わず双眸《そうぼう》が潤んでしまう。

「亡くなった旦那さんに操《みさお》を立ててるとか？」

堂島が渋いバリトンボイスで囁《ささや》きかけてくる。肩にまわされた手を、なぜか振り払うことができなかった。

「もう三年だ……。一途なんだね」

感心しているようだが、どこかからかっているようでもある。子供のように思われるのは癪《しゃく》だった。初心な女と見下されたくない。

男にも負けないキャリアウーマンとしてのプライドがある。尊敬できる上司ではあるが、プライベートではただの男と女であるはずだ。

（そう、もう三年も経ってるの……。だから一度くらい、いいわよね）

ホテルの部屋にまでついてきて、今さら拒絶するのも見苦しい。女ひとりで生きているせいか、弱みを見せたくないという思いが強かった。

「大人の恋をわかってると思ったんだけどな」

挑発的な言葉を投げかけられる。若い女子社員に人気はあるが、結局は仕事一筋だと思っていた。だが、意外と遊び慣れているのかもしれない。

抱かれた肩から男の体温が伝わってくる。心臓の鼓動が異常なほど速くなるが、美佐子も慣れている振りをして懸命に平静を装った。

（向こうから誘ってきて、わたしはその誘いに乗ったの……）

抱かれている肩から力を抜いたのをきっかけに、もう片方の手で顎をそっと摘まれる。顔を上向きにされ、長身の堂島が覆い被さるようにキスしてきた。

「ンっ……」

男の唇の感触に気持ちが昂《たか》ぶる。夫以外のキスを初めて受け入れた。バーボンの香りが鼻に抜ける。しかし、軽く触れただけで、またしても唇は離れていった。

「亡くなった旦那さんのことを忘れろとは言わない。ただ、今夜だけは僕のものになってほしい」

瞳を覗きこまれると、身動きが取れなくなってしまう。すると背中に手をまわされて、力強く抱き締められた。

「ああ……」

久しぶりの抱擁《ほうよう》に酔っていく。男の胸板に頬を押しつける格好になり、思わずそっと瞳を閉じていた。

再び唇を奪われる。抱き締められたままのキスだ。舌先で唇をなぞられて、ためらいながらも半開きにする。ぶ厚い舌が侵入してくると、うっとりしながら熱い溜め息を漏《も》らしていた。

「はぁぁ……ン……ンン……」

自分から震える舌を伸ばして絡め合い、濃厚なディープキスへと発展する。

完全に堂島のペースだ。さすがに四十四歳、ひとまわり違うと、それなりに経験があるらしい。堂島の手は背中をさわさわと這いまわり、シャツの上からブラジャーのラインをいじっていた。

(あの人も生きていれば、こんなキスができたのかしら……)

上司の唾液を味わいながら、夫の拙《つたな》かった口づけを思いだす。篤史はやさしくて思いやりがあったが、消極的で不器用だった。

大学時代に知り合い、少年のような純粋さに惹かれた。美佐子は処女を捧げて、彼は惜しみない愛を注いでくれた。だが、男らしい強引さは持ち合わせておらず、性に関しては淡白だった。

堂島の舌が口内をヌルヌルと這いまわる。胸の奥に生じた罪の意識が、甘いキスに溶かされていく。

(ああ、部長とこんなことになるなんて……)

美佐子はそっと瞳を閉じて、粘膜同士を擦り合わせた。身をゆだねるように久々のディープキスに心酔する。この瞬間、美佐子は孤独に負けまいと強がっているキャリウーマンではなく、ひとりの女に戻っていた。

「あふっ……ウンンっ……」

唾液を啜《すす》り飲まれるのが、恥ずかしいけれど心地いい。ようやく唇を解放されたときには、頭の芯がジーンと痺れたようになっていた。

「答えを聞かせてほしいな。無理やりするのは趣味じゃない」

堂島は余裕たっぷりに囁き、まっすぐに見つめてくる。それだけで美佐子は胸の奥がキュンとなるのを感じていた。

たまには大人ぶってみたい夜もある。美佐子も三十二歳の女盛りだ。昼間は澄ましていても、人並みに性欲はあった。

「……わかりました。では、ここからは上司と部下ではなく、男と女ということでよろしいですね」

目もとを上気させながら、それでも男の顔を見あげていく。なんとかして主導権を握りたい。しかし、堂島はまったく動じる様子がなかった。

「僕は最初からそのつもりだよ」

「いいわ。遊び相手になってあげます」

慣れた風を装って流し目を送り、精いっぱい強がってみせる。だが、胸の鼓動は聞こえてしまいそうなほど激しくなっていた。

腰を抱かれてダブルベッドへ導かれる。並んで腰掛けると、そのままやさしく押し倒された。美佐子が仰向《あおむ》けになり、堂島が添い寝をしているような状態だ。

（わたし……男の人と……）

緊張のあまり全身の筋肉がこわばっている。夫しか知らない美佐子は、ここからどうするべきか戸惑っていた。

お互いに視線を絡めたまま、男の手が胸もとに伸びてくる。シャツのボタンを上から順に外されていくと、身を捩《よじ》るような恥じらいがこみあげてきた。

「ま、待って、シャワーを……」

声が情けないほど掠れている。急に怖くなり、シャツの前を開こうとしていた男の手をそっと押さえた。

「どうしたんだい？　気が変わったなんてことはないよね」

堂島は聞く耳を持たずにシャツを左右に開いてしまう。ベージュのブラジャーに包まれた胸もとが露わになり、美佐子は思わず顔を背けていた。

恥じらう間もなく、堂島の手がシーツと背中の間に滑りこむ。そして、あっさりブラジャーのホックを外してしまう。

「あっ、ダメ……やっ」

乳房の弾力でブラジャーが弾《はじ》き飛ばされた。いとも簡単に双《ふた》つの膨らみを剝きだしにされ、これまで感じたことのないような羞恥に襲われる。反射的に両腕で覆い隠すが、手首を摑《つか》まれて引き剝《は》がされてしまった。

「ああっ、いや……恥ずかしい」

「大きいんだね、麻倉くんの胸。すごく綺麗だよ」

乳房に視線が這いまわるのを感じ、顔が燃えあがったように熱くなる。

なだらかな曲線を描く双つの大きな膨らみは、仰向けでも型崩れすることなく柔らかそうに揺れていた。丘陵の頂点には薄いピンク色の乳首が恥ずかしそうに鎮座している。そのすべてを上司に見つめられているのだ。

「そんなに見ないでください……手を離して」

美佐子は瞳を潤ませて、たまらず身じろぎした。ほっそりとした腰が艶めかしく蠢いたことで、男の視線が下半身へと向けられる。

パンツのボタンを外されて、あっという間におろされた。太腿のなかばまで露わになり、ストッキング越しにベージュのパンティが透《す》けてしまう。

「待って……シャワーを……シャワーを浴びさせて」

震える声でつぶやくが、堂島はまるで聞こうとせずにストッキングの太腿に触れてきた。決して慌てることなく、むっちりとした肉づきを楽しむように、じっくりと撫でまわしてくる。

「はンっ、触らないでください、部長……や……ンンっ」

「プライベートでは名前で呼ぶ約束だろう？」

堂島は余裕たっぷりに微笑み、きつく閉じ合わせた内腿の隙間に指先を滑りこませてきた。そして恥丘の膨らみを手のひらで包みこむようにして、中指をぴったりと陰部に押し当てる。

「あぅっ、そ、そこは、部長……あうっ、ど、堂島さんっ」

その瞬間、半裸に剝かれた身体がビクンと跳ねた。下着越しとはいえ、男性の指先が女の源泉を押し揉んでくるのだ。

「あ……あ……ダメです、そんなところ」

懸命に内腿を閉じて、男の手首を両手で摑む。しかし、腕力で敵《かな》うはずもなく、卑猥な愛撫を許してしまう。繊細に蠢く指先で割れ目をカリカリ搔かれると、それだけで羞恥の入り混じった快美感が膨らみはじめた。

「はぅぅっ……い、いや……いやです」

言葉では拒みながらも、強引な堂島に男を感じている。久しぶりに触れられる感覚が、眠っていた女の本能を呼び覚ましていく。

「恥ずかしがらなくていいよ。ほら、感じるだろう？」

堂島は片方の手を乳房に伸ばし、下から掬《すく》いあげるように捏ねまわしてくる。中年らしい粘着質な手つきで、ピンク色の乳首までねちねちと転がされてしまう。

「あンっ、やめて……あっ、そこ……ああっ」

柔らかかった突起は瞬《また》く間に硬く充血して、恥ずかしいほどに尖り勃つ。自然と身体が反り返り、胸を突きだすような格好になっていた。

「やはり仕事のできる女は違うね。感度のほうも抜群じゃないか。可愛い乳首がたまらなそうに勃起してるよ。もっと触ってくださいってね」

堂島のからかうような声が羞恥心を煽《あお》りたてる。これが大人の余裕というものだろうか。じっくりとした愛撫が、美佐子の性感を確実に蕩かしていた。

（どうしてこんなに感じてしまうの？　ああ、篤史さん……）

脳裏に亡夫の顔を思い浮かべた途端、身体の奥でクチュッと卑猥な水音が響き渡った。夫以外の男性に触れられていると思うと、背徳的な快感が跳ねあがる。意志とは関係なく身体が反応するのだ。

「ふふっ……湿ってきたよ。クールな麻倉くんが、こんなに濡らすほど感じてくれるとはね。今夜は無礼講だ。好きなだけ乱れていいんだよ」

堂島の指の動きが激しさを増す。下着ごと指先を挿入するように、膣口をねちねちと押し揉まれた。

「ひっ……あっ……あっ……強い、そんなにされたら……待って、ひンンっ」

「お漏らししたみたいにぐっしょりだ。そろそろイキたいんじゃないか？」

職場とは異なる堂島の卑猥な声に、いつしか美佐子の意識も日常から引き剝がされる。羞恥と興奮に喘ぎながら、さらなる愛蜜を分泌させていた。

「遠慮することはないよ。すごい染みができてるぞ。ほら、いやらしい音が聞こえるだろう。パンティが入ってきたの、わかるかい？」

「ああンっ、やめて、堂島さんの指、強すぎ……挿《い》れないで、あううっ」

同時に乳首も転がされて、四肢の先端まで痺れが走る。股間と胸を中心にした快美感が、まるで波紋《はもん》のようにひろがり全身を包みこんでいく。

「いやっ、それ以上は……ああッ」

「それ以上はなんだい？　言わないとこのままつづけるよ」

「ひッ、そんな……か……感じすぎて、やめて、あああッ」

パンティを押しこむように、堂島の指が第一関節まで埋めこまれた。そのままリズミカルに指先を出し入れされて、浅瀬ばかりを重点的に責められる。決して奥まで抉《えぐ》ってもらえない焦燥感のなか、これまでにない快感の波が押し寄せてきた。

「ンンっ、も、もうダメっ、あッ、ああッ」

「ダメじゃなくて、もっとしての間違いだろう？　さあ、思いきりイッてごらん」

堂島がさらに深く指を埋めこんだ瞬間、パンティ越しに粘膜を擦られる刺激で、ヒップが激しく跳ねあがった。

「やっ、それ、ひああッ、おかしくなるっ、抜いて、ひいッ、指、深すぎっ、ああ
あッ、もうっ……あひあぁぁぁぁぁぁぁッ！」
股間をいじっている男の手首を両手で摑み、淫らがましい嬌声《きょうせい》を響かせる。頭の
なかが真っ白になり、くびれた腰が小刻みに痙攣した。
「指だけでイクとは思わなかったよ。ずいぶん敏感なんだね」
堂島はようやく股間から指を引き抜くと、嬉しそうに微笑んだ。そして、ぐったり
している美佐子の身体をダブルベッドの中央に移動させた。
(これが……イクってこと……なの？)
朦朧《もうろう》とした頭で、強烈な絶頂感を振り返る。
夫に抱かれたとき、これほどの快感を得たことはなかった。もちろんオナニーでも
体験したことのない領域だ。今まで絶頂だと信じていた感覚が、子供騙しに思えてく
る。夫との美しい思い出が急に色褪《あ》せて、セピア色に霞《かす》んでいった。
「あ……ン……もう……やめて……」
堂島の手が伸びて、身体にまとわりついている服を脱がされていく。美佐子は絶頂
の余韻のなかを漂っており、強く抵抗することはできなかった。
シャツを肩から抜き取られ、ブラジャーを奪われる。太腿に絡まっていたパンツを

おろされて、ストッキングとパンティも脱がされてしまった。

「ああ、そんな……」

全裸に剝かれた美佐子は、両手で自分の身体を抱きしめた。無意識のうちに横を向き、少しでも肌を隠そうとする。

「隠すなんてもったいない。よく見せてくれないか」

堂島はよく通る低い声で囁きながら、下肢に手をかけてきた。膝の内側に両手を差し入れて、徐々に力をこめて割り開こうとする。

「麻倉くんのすべてが見たいんだ。いいだろう?」

「やっ……ダメっ、ンンっ、お願い……」

ついに下肢をM字型に押し開かれ、女の源泉が露わになってしまう。もっさりと繁った陰毛と、華蜜で濡れ光るサーモンピンクの陰唇が剝きだしになった。

夫にすらまともに見られたことがないのに、上司の粘着質な視線が股間を這いまわる。気が遠くなりそうな羞恥に襲われて、思わず両手で顔を覆っていた。

「ああ、こんなの……恥ずかしすぎて……あッ」

涙が溢れそうになったとき、凄まじい快感電流が突き抜けて裸体がのけ反った。堂島が股間に顔を埋めて、陰唇に吸いついてきたのだ。

「ひッ……口でなんて、シャワーを……あああッ、ダメぇっ」

性器を口で愛撫されるのは初めての経験だ。ましてや一日の仕事で蒸れた股間をしゃぶられるなど信じられない。せめてシャワーを浴びさせてほしいと訴えるが、堂島はまるで相手にしようとしなかった。

生温かい舌が陰唇を這いまわり、膣口を強烈に吸引される。これまでにない快美感がひろがり、即座に新たな華蜜が滲《にじ》みだす。

「やだ、また濡れて……あッ、ああッ」

絶頂の余韻が冷めやらないうちに、ねっとりと舐《な》めしゃぶられているのだ。痺れるような悦楽に腰が浮き、たまらず淫らなよがり声が迸った。

「だ、ダメです、汚いから……ひああッ」

「汚くなんかないさ。いい匂いだ。シャワーは浴びなくていい。今日一日がんばって仕事をした女の香りが、たまらなく興奮するんだよ」

堂島は陰唇にぴったり唇を押し当てたまま、大きく深呼吸をしてみせる。そうしながら舌を伸ばし、濃厚なクンニリングスを施してきた。

「牝《めす》の匂いがすごいな。もしかして誘ってるのかい？　麻倉くんのここが、こんなにムレムレだとはね。会社の連中が知ったら驚くだろうな」

「あッ、あッ……言わないでください、ヤンっ、吸わないで……」

匂いを嗅がれる羞恥が背徳感を刺激する。膣口をジュルジュルと吸引されて、魂まで吸いだされそうな感覚が膨らんでいく。さらに肉芽を舌で転がされると、無意識のうちに男の頭を両手で掻き抱いていた。

「ああッ、ひああッ、やっ、ダメっ、おかしくなるっ」

「遠慮しないでイッていいんだよ。ほら、お豆が気持ちいいんだろう？」

包皮を剝かれたと思ったら、唾液をまぶすように舐めしゃぶられる。肉真珠が勃起して硬くなると、すぐさまお仕置きするように甘嚙《あまが》みされた。

「ひゃうッ、嚙まないで、い、痛いっ、痛いけど、い、いいっ、感じるっ、ひいいッ、もう、ああッ、あひいいいいいいいッ！」

またしても強烈な絶頂感に吞みこまれる。目の前で火花が飛び散り、まるで感電したように全身の産毛《うぶげ》が逆立った。

先ほどの悦楽をうわまわるアクメが押し寄せて、若き未亡人の肉体はいとも簡単に狂わされていた。

4

「口でしてくれないか」

アクメの余韻が漂う頭に、堂島の低い声が響き渡った。美佐子は返事をする気力もなく、間接照明に照らされた天井を気怠げに見つめていた。

いつの間にか全裸になった堂島が、顔のすぐ横で膝立ちになっている。その股間には、巨大なペニスが鎌首《かまくび》をもたげてそそり勃っていた。

（え？　やだ……大きすぎるわ……）

思わずあげそうになった悲鳴を懸命に呑みこんだ。

それは亡くなった夫など比較にならないほど、はるかに太くて長い逸物《いちもつ》だった。まるで肉の凶器のようで、美佐子は瞳を見開いたまま硬直してしまう。

「麻倉くんなら、男を悦《よろこ》ばせるのも得意だろう？」

堂島は見せつけるようにペニスを揺らしながら、こともなげにつぶやいた。

「い、いやよ……気分じゃないわ」

不機嫌を装って強がり、ぶっきらぼうに言い放つ。そして釘付けになった視線を引き剝がし、やっとのことで顔を背けた。

じつはフェラチオは未経験なのだが、そんなことは口が裂けても言えなかった。初心な女だと見下されて、弱みを握られたくない。遊び相手に主導権を渡すわけにはいかなかった。

「部屋についてきたからって勘違いしないでいただけますか。わたしは気軽になんでもするような安い女じゃありません」

そっぽを向いたまま強気な振りをして言い放った。声が震えないようにするので必死だった。

「それは残念。麻倉女史は男に奉仕なんてしないか」

堂島はおおげさに肩を竦めてみせる。しかし、その口もとには意味深な笑みが浮かんでいた。

「でも、お高くとまってる女に限って、経験が浅いこともあるんだよな。まさか麻倉くんに限って、フェラチオしたことがないとは思えないがね」

見透かされているような気がして、美佐子はなにも言い返せなくなってしまう。目を合わせることなく、剝きだしの乳房と股間を手のひらでそっと覆い隠した。

「今さら恥ずかしがることもないだろう？」

胸をガードした手を引き剝がされて、堂島の生温かい息が乳首にかかる。

「はンンっ……」

たったそれだけで、二度も昇りつめて感度が高まっている身体が反応した。すでに充血している乳頭に、さらに血液が流れこむ。まるで触れられるのを心待ちにしているように、ビンビンに硬く尖り勃っていく。

「明かりを……消して……」

せめて暗くしてほしいという願いは無視されて、ついに乳房の先端にヌルリと舌を這わされる。上目遣いに美佐子の顔を見つめながら、まずは乳輪を舌先でなぞっていく。決して乳首には触れないように、舌先でねっとりと円を描くのだ。

「ンっ……や……ンンっ」

「照れるなんて、麻倉くんらしくないな。どうしてほしいか言ってごらん」

「いやです、こんなの……ウンンっ、恥ずかしい」

羞恥と快感がこみあげて思わず顔を背けるが、堂島は執拗に乳輪をねぶりまわしてくる。まるで唾液を塗りこむように、ねろねろと舐めつづけるのだ。

「はうンっ、いやです……あっ、いやンっ、もういや、くううっ」

「まだ素直になれないみたいだね。でもあんまり苛《いじ》めるのも可哀相《かわいそう》だな」

「部長が……堂島さんが、こんなに意地悪だったなんて……ひゃうッ」

虚を衝《つ》くように乳首に吸いつかれて、裏返った嬌声をあげてしまう。

痺れるような快感が、乳頭から乳房全体へとひろがっていた。夫にされたのが最後なので、三年ぶりに味わう感覚だ。

(篤史さん……わたし、あなた以外の人と……)

またしても罪悪感に胸を塞がれるが、期待していなかったと言えば嘘になる。身体は心を裏切り、さらなる刺激を欲していた。

男の唇が乳首を包みこみ、唾液を乗せた舌が這いまわる。慌てることのないスローな動きが蕩けるような愉悦を生み、美佐子はたまらず裸体をくねらせた。

「あふっ、やンっ……」

「麻倉くんの乳首、すごく硬くなってるぞ。ほら、自分でもわかるだろう?」

唾液で濡れた乳首を、意地悪く舌先で小突かれる。そのたびに快感のパルスが全身を走り抜けて、白いシーツの上に投げだされた四肢がヒクついた。

さらには乳房の先端を大きく咥《くわ》えられて、まるで赤子のようにチュウチュウと吸いあげられる。同時に裾野をいやらしく揉みしだかれると、どうしようもないほど淫らな気持ちが湧きあがった。

「あっ、あっ……そんな、胸ばっかり……はああンっ」

「弱々しい声を出してどうしたんだい？　キミらしくもない。それとも、もう降参なのかな？」

堂島は上目遣いにからかいながら、執拗に双乳を責めたててくる。中年ならではの粘着質なテクニックは、若かった篤史とはまったく異なるものだった。

左右の乳房を交互に弄《もてあそ》ばれ、蕩けそうな感覚と泣きたくなるような切なさに襲われる。もどかしげに腰を捩らせて内腿を擦り合わせると、ヌチュッという恥ずかしい水音が響き渡った。

「あンっ、いや、もう胸はいいから……ああンっ、ねえ、堂島さん」

舌で転がされている乳首は、血を噴きそうなほど勃起している。美佐子はいつしか息を荒げ、瞳を潤ませながら男の顔を見つめていた。

(胸だけで、こんな気持ちになってしまうなんて……)

これ以上つづけられると、涙が溢れてしまいそうだ。それほどまでの快感に襲われている。夫しか知らない美佐子にとって、すべてが新鮮な体験だった。

「どうやら麻倉女史は、乳首を吸われるのが好きみたいだな。仕事をしている姿からは想像できないよ。真面目そうな顔して、案外淫乱なのかもしれないな」

堂島は口もとに笑みを浮かべてつぶやくと、太腿の間に膝をこじ入れてくる。美佐子は無意識のうちに腰を逃がそうとするが、あっさり下肢を割られて組み伏せられてしまった。

「待って……あンっ……あ、当たってる」

硬いモノが恥裂に触れて、思わず弱気な声が溢れだした。

これから夫以外の男性とセックスするのだという実感が湧きあがる。いざ挿入される段階になり、急に恐怖と罪悪感が胸の奥にひろがった。

「だ、ダメ……避妊、してください」

「なかには出さないから大丈夫だよ。それに麻倉くんだって、生のほうが気持ちいいだろう？　太いのでズボズボ犯されるのを想像してごらん」

「ああ……そんなこと……やンっ」

思わず押し返そうとした両手を摑まれて、顔の左右に押しつけられる。上半身を伏せた堂島の胸板が、柔らかい乳房を押し潰していた。

「僕たちは大人同士だろう？　後腐れなく楽しもうじゃないか」

肉棒は熱気を放ちながら硬直し、入るべき穴を探して大量の涎《よだれ》を垂らしている。陰唇にカウパー汁が付着して、いよいよ貞操の危機が迫ってきた。

「で、でも、やっぱり……上司と部下だから……」

「仕事がやりにくくなる？　大丈夫、僕はストーカーになったりしないよ」

「聞いてください、堂島さん……お願いですから」

頬がひきつりそうになるのを懸命にこらえ、この期《ご》に及んで説得を試みる。しかし、ペニスの先端は膣口にぴったりと押し当てられていた。

（ああ、もうダメ……あなた、許して……）

胸のうちで亡夫に向かって謝罪する。自分の愚かさに気づいて涙が溢れそうになったとき、ついに巨大な肉塊が侵入を開始した。

「あうっ、や、入っちゃう……あううっ」

濡れそぼった肉唇が押し開かれ、上司のペニスがねじこまれてくる。膣道がひろがる感触に、嫌でも期待と不安が交錯してしまう。為《な》す術《すべ》もなく亀頭を埋めこまれ、腰に小刻みな痙攣が走り抜けた。

「ひっ……ひっ……ふ、太いっ、裂けるぅっ」

「力を抜いて。ゆっくり挿れるから大丈夫だ。すぐに気持ちよくなるよ」

堂島は慣れた様子で、じりじりと剛根を押しこんでくる。

しかし、久しぶりに受け入れる逸物はあまりにも巨大すぎた。肉が裂けるのではないかと思うほどの圧倒的な存在感が、未亡人の膣道を少しずつ満たしていく。ようやく根元まで収まると、息が詰まるほどの拡張感に苛《さいな》まれた。

(こんなに大きいなんて……篤史さんのと全然違う……)

どうしても亡夫と較べてしまう。罪悪感がそうさせるのか、無意識のうちに首を左右に振っていた。

三年ぶりの男女の交わりだった。妹の婚約者がどことなく篤史に似ていたというだけで、自分でも驚くほど動揺していた。そして流されるまま、会社の上司に身体をまかせてしまったのだ。

(篤史さんを裏切って、他の男の人と……)

美佐子は下唇を小さく噛み、溢れそうになる涙を懸命にこらえていた。

「僕のモノはお気に召さなかったのかな?」

堂島はひとり言のようにつぶやくと、そっと顔を寄せてくる。唇を重ねて舌を挿入し、やさしく口内をねぶりはじめた。

「ンンっ、や……うンンっ」

正常位でペニスを挿入されて、ディープキスで舌を絡めとられる。しっかりと抱き締められて男の体温を感じながら、上下の口を同時に塞がれているのだ。

（ああ……わたし、すごくいやらしいことされてる……）

もうセックスしてしまった事実は変えられない。

そう思うと、抗《あらが》う気持ちは起こらなかった。それどころか、熟練したテクニックに溺れてしまいたくなる。先ほどから陰毛同士を擦り合わせるように、腰を微かに蠢かされているのがたまらなかった。

「あンっ、いや、動かしたら……はあアン、ね、ねえ……」

ディープキスを解かれた途端、熱い吐息が溢れだす。美佐子は相貌を桜色に染めあげて、情欲に潤んだ瞳でねっとりと見つめていく。男の腰に両手を添えると、我慢できずに両膝で締めつけた。

「おねだりかい？　気が合うね。じつは僕もそろそろ限界だったんだ」

堂島の顔に薄い笑みが浮かんでいる。その真意は読み取れないが、興奮しているのは明らかだ。ゆっくり腰を振りはじめると、巨大なペニスが動きだした。

「あっ、あっ……ダメっ、大きすぎる……ああっ」

こらえきれない喘ぎ声が溢れだす。暴力的に張りだしたカリが膣襞を擦り、途端に強烈な快美感が湧き起こる。大量に分泌した華蜜が掻きだされて、ヌチャヌチャと湿った音が響き渡った。

「あううっ……そんな、いやっ……ああンっ」

押し潰されている乳房も感じている。尖った乳首を擦られるのがたまらない。鋭敏になった身体は、どこを触られても感じてしまう。

「結構きついんだね。もしかしたら、久しぶりなんじゃないのか？」

堂島は長大なペニスを大きなストロークで出し入れしている。膣道全体をじっくり擦りあげて、自分だけではなく美佐子の性感も高めようとしていた。

(こんなのって……初めて)

篤史とはまったく異なる大人のセックスだ。ゆったりとした動きのなかに、快感を共有しようとする気持ちが伝わってくる。今にして思えば、若かった篤史には女を感じさせる余裕などなかったのだろう。

「ああっ、どうして、こんなに……」

胸の奥には罪悪感が燻《くすぶ》っている。しかし、いたわるようなやさしい抽送《ちゅうそう》に、どうしようもなく惹かれていた。

「麻倉くんのなか、襞が嬉しそうに動いてるよ。キミも感じてるんだね」

「いやン……いやらしいこと言わないで……あっ、あっ」

感じていることを知られたくない。夫以外の男性に抱かれているのだ。しかし、剛根によるピストンは、未亡人の性感をいとも簡単に蕩かしていく。

「あふっ、やンっ、堂島さん……も、もう、やめてください」

「我慢することないだろう。今夜は思いきり乱れてごらん」

抜き差しのスピードが徐々に速くなる。美佐子はたまらず裸体をもじつかせて、男の腰に添えていた両手を大きな背中に滑らせた。

「ああンっ、ダメ……ぬ、抜いてください」

「抱きついておいて、今さら初心な振りをしなくてもいいんじゃないか？」

堂島は腰を振りながら、首筋にキスをしてくる。左右の鎖骨のラインも念入りに舐めまわされた。

「やっ、あうっ……そんな、やさしくしないで……」

「乱暴にされたいのかい？　苛められるのが好きなのかな？」

「ち、違います、そうじゃなくて……ああンっ」

さらに耳たぶを甘噛みされて、背筋がゾクゾクするような感覚が湧きあがる。すると蜜壺が勝手に収縮して、堂島のペニスを食い締めてしまう。

「くっ……締まってきたな。すごくいいよ」

耳もとで囁かれた直後、さらにピストンのスピードが速くなった。

押しこまれるときには内臓全体を押しあげられるような、引きだすときには膣壁を掻きだされるような感覚が湧き起こる。美佐子は為す術もなく翻弄《ほんろう》され、こらえきれない淫らがましい嬌声をあげていた。

「ああっ、ンああっ、そんな……もう……もうっ……」

「もう、どうしたんだい？　その先を教えてくれないか」

「言えない……ああンっ、言えないの……あああッ」

美佐子は快楽の海を漂いながら、首を左右に振りたくった。

頭のなかには、夫との夜の生活がよみがえっている。いけないと自分を戒《いまし》めるが、どうしても較べてしまう。

すでに夫婦のセックスをはるかに凌駕《りょうが》する快感が全身にひろがっている。篤史は思いやりがあってやさしい性格だったが、これほど感じさせてはくれなかった。それとも、三年間の枯渇が女体の感度をあげたのだろうか。

「ひッ……ひッ……あひッ……ダメっ、もうダメぇっ」

無意識のうちに両脚で男の腰を抱えこむ。逞しい背中を掻きむしり、自ら股間を押しつけていた。

「ううっ……麻倉くん。情熱的だね」

堂島は額に汗を浮かべて、全力で腰を打ちつけてくる。極太のペニスを高速で抜き差しして、いよいよラストスパートに突入した。

「あッ……あッ……い、いいっ、ああッ、すごくいいっ」

美佐子は罪悪感にまみれながらよがり啼きを響かせる。心のなかで亡き夫と比較することで、背徳的な快感が急速に膨らんでいた。

篤史を思いだすとき、なぜか妹の婚約者、浩之の顔まで浮かんでくる。彼が現れたことで、心が乱されたのは事実だった。

(忘れさせて、あの人のこと……浩之くんのことも……)

罪の意識が全身の感度をさらにあげる。異常なまでの興奮が押し寄せて、男根を挿入されている蜜壺は溶けたバターのようにトロトロになっていた。

「ああああッ、いいっ、蕩けちゃうっ、ああッ、ああッ」

「くうっ、気持ちよすぎる……麻倉くん、そろそろ出すよっ」

堂島が苦しげにうなりながら、猛烈な勢いで腰を振りたくる。湿った音が大きくなり、美佐子は歓喜の涙を流して男の体にしがみついた。

「ひいッ、あひッ、堂島さん、怖い、ああッ、怖いのっ」

「イクんだ。僕といっしょに……くッ……うううッ！」

「そ、外……ひあぁッ、外に、お願いっ、ひぃッ、あひぃぃッ」

激しい杭打ちで女体を揺さぶられ、あられもない声でよがり啼く。美佐子は自ら腰をしゃくりあげて、男根をこれでもかと締めつけていた。

「ひあぁッ、堂島さんっ、いいっ、すごくいいっ、ひぃッ、あひッ、こんなの初めて、もう狂っちゃうっ、ひッ、ひッ、あひあぁぁぁぁぁぁぁぁぁッ！」

「くおおっ、僕も出すよっ、ぬおおおおッ！」

巨大なペニスが引き抜かれたかと思うと、大量の白濁液が吐きだされる。美佐子の波打つ腹部に、湯気をあげそうなほど熱い精液がぶちまけられた。

「ひぃッ、熱いっ、あぁあッ、こんなにたくさん、はうぅぅぅぅぅぅッ！」

煮えたぎるザーメンで肌を灼《や》かれた瞬間、頭が真っ白になって連続絶頂に押しあげられる。

（ああ、すごい……これが、本当のセックス……）

美佐子は四肢を痙攣させながら、失神寸前の法悦《ほうえつ》に悶え狂った。

それは夫との交わりでは一度も体験したことのない、目も眩《くら》むようなオルガスムスだった。

第二章　禁断の一夜

1

リビングにコーヒーの香りが漂っている。

朝食はトーストと目玉焼き、それにレタスとミニトマトのサラダが少々。女のひとり暮らしにしては、毎朝しっかり食べている。会社という名の戦場で男たちと対等以上の仕事をこなすには、絶対的に体力をつける必要があった。

美佐子はネグリジェからショートパンツとTシャツに着替えて椅子に腰掛けた。

1LDKのマンションは、夫が亡くなってから一年半後に移り住んだ。仕事に自信が持てるようになり、一生独り身を通す覚悟が固まったとき、夫に誓いを立てる意味もこめて購入した。

しかし、未亡人になって三年目、ついに男を受け入れてしまった。

テーブルの上に投げだしてある朝刊の日付をちらりと見やる。水曜日だった。あの日から、ちょうど一週間が経っていた。

結婚の報告をする朋美の嬉しそうな声と、隣で微笑んでいた浩之の笑顔が脳裏に浮かぶ。とにかく、妹の結婚がきっかけになったことは間違いない。

コーヒーカップを唇に運び、琥珀色の液体をひとくち流しこんだ。

(篤史さん……わたし、今でもあなたのことを……)

堂島に抱かれたときの光景がフラッシュバックする。夫に対する純粋な想いを嘲笑《あざわら》うように、恍惚《こうこつ》の体験が下腹部を熱くしていた。

瞳を閉じて、重い溜め息をつく。

あれから堂島とはなにもなかった。美佐子が意識的に避けている。仕事上最低限の言葉は交わすが、雑談などにはいっさい応じない。堂島はときおり話しかけたそうな素振りを見せるが無視していた。

視界の隅に映る寂しそうな顔に気づくと、悪いことをしていると思う。しかし、ずるずると関係をつづけるのは嫌だった。

甘い顔をして付きまとわれたら迷惑だ。あれは一夜だけのお遊び、割り切った関係のはずだった。雰囲気に流されてしまったのは否定できない。だが、今度誘われても、きっぱりと断るつもりだ。

今となっては後悔している。無理をして大人の女を演じてしまったこと、夫を裏切ってしまったこと、なにより乱れた姿を見せたことが恥ずかしい。

（欲求不満な女だと思われてないかしら……）

会社では勝ち気に振る舞っているが、どう思われているか気になってしまう。それは裏を返せば、自分の秘めたる欲望に気づかされたということだ。

出勤前のひとときが暗い空気に包まれる。気づくと物思いに耽《ふけ》っていることが多かった。それでも一週間が経ち、少し気持ちが落ち着いてきたところだ。

いつの間にか出勤時間が迫っていた。慌てなくても間に合うが、余裕を持って行動するようにしている。そろそろ着替えようと立ちあがったとき、携帯の着信音が鳴り響いた。

液晶画面には〝朋美〟の文字が浮かんでいる。妹がこんな時間にかけてくるのは初めてだ。美佐子は不安な気持ちになりながら通話ボタンをプッシュした。

『お姉ちゃん。おはよう』

いきなり能天気な声が聞こえてくる。

いつもなら心癒《い》やされる妹の声が、今朝は少し違っていた。いや、正確には美佐子の受け取りかたが異なっていたのだろう。朋美と浩之の顔が脳裏に浮かんだ。そして浩之の顔は、見るみる篤史の顔に変化していった。

「なに？　出勤前で忙しいの」

ついぶっきらぼうな口調になってしまう。妹は悪くない。それがわかっているから、言った直後に自己嫌悪が湧きあがる。

『あ……ごめんなさい』

途端に朋美の声が沈みこむ。昔から自由奔放な妹だが、憎めない可愛さがある。出勤前とはいっても、実際はそれほど急いでいるわけではない。電車を一本遅らせても、まだ充分間に合う時間だった。

「なにかあったの？」

反省の意味もこめて、できるだけやさしい口調で尋ねてみる。

『そうじゃないけど……。もう一度彼に会ってほしいの、いろいろ相談したいこともあるし。結婚式のこととか……』

朋美は畏縮してしまったのか、遠慮がちに小声でつぶやいた。

申し訳なさそうな顔が目に浮かぶ。もちろん断る理由などない。朋美が幸せになるためなら、協力は惜しまないつもりだ。

「わかったわ。でも、今日は無理よ」

仕事は完璧にこなしたい。上司である堂島に、一度とはいえ身体を許したことが悔やまれる。データの処理が遅れて、付け入る隙を与えたくなかった。

「残業しないといけないの。先週も早く帰ったから、二週つづけてはちょっと」

妹の結婚を祝福しながらも、すぐに飛んでいくことができない。仕事を選んだように思われるのは嫌だった。

『うん。お姉ちゃんの都合のいい日で。平日だとちょっと遅くなるけど』

「それなら休みの前の日がいいわ。金曜日は？」

朋美の屈託のない声が聞こえてほっとする。電話を切ると、いよいよ出勤時間が迫っていた。

濃紺のパンツスーツに着替えて、ロングヘアにブラシを入れる。いつものように手早く化粧を済ませると、遅刻しそうな高校生のように玄関を飛びだした。

2

翌日の木曜日――。

すでに退社時間を過ぎており、マーケティング部門に残っているのは美佐子と、例によってカフェで一服して戻ってきた堂島だけだ。相変わらず二人は、業務上必要最小限の言葉しか交わしていなかった。

美佐子は自分のデスクに座ってマウスを操作しながら、左手をそっと膝の上に移動させた。

(どうして、こんな格好で来ちゃったのかしら……)

久しぶりにスカートを穿いたせいで、裾が気になって仕方がない。

ちょっとした心境の変化だった。出勤前にクローゼットを開けたとき、いつもは目に入らないスカートスーツに惹かれたのだ。

夏らしい明るいクリーム色で、ストッキングの膝が覗いている。同色のジャケットも涼しげで、姿見《すがたみ》のなかの表情も心なしか華《はな》やいで見えた。

これまでは女であることを拒絶するように、パンツスーツばかりを選んでいた。男社会のなかで生き抜くためには、見下されないようにしなければならない。そんなことばかりを考えていた。

部長席にチラリと視線を走らせる。堂島はまったく気にする様子もなく、パソコンのモニターを見つめていた。

自意識過剰だろうか。堂島は仕事をしている振りをしながら、視界の端でこちらを観察しているような気がする。部長席から視線を向ければ、ちょうど美佐子のデスクの下が見えるはずだ。

(気にならないはずないわ……だって……)

確かに熱い視線を感じていた。昼間からずっとだ。堂島は無関心を装いつつ、誰よりも熱心にスカートから覗く下肢をチェックしていた。

こうなることは、いくらでも予想できたはず。それなのにスカートを穿いてきた自分自身の行動が信じられなかった。

全国の販売店から送られてきたデータの処理が終わったのは、深夜十二時をまわっていた。集中力に欠けており、いつもより時間がかかってしまった。

パソコンの電源を落として帰り支度をしていると、それまで黙っていた堂島が声をかけてきた。

「麻倉くん、お疲れさま」

「……お疲れさまです」

美佐子は少し警戒しながら言葉を返す。仮にも直属の上司なので、挨拶を無視するわけにはいかなかった。

「そのスカート、よく似合ってるよ」

堂島は自分の席に座ったまま、軽い調子で話しかけてくる。関係を持つ前のように、ごく自然な感じだ。しかし、決して時間を巻き戻すことはできない。

「部長、そういうことを言うと――」

「セクハラ、かい？」

感情を押し殺した美佐子の声は、堂島の寂しげな声に遮られた。

「この前までは大丈夫だったんだけどな……」

その後の声は、消え入りそうなほどに小さかった。

黙って立ち去ればよかったのかもしれない。しかし、美佐子は戸惑いを隠せずに立ちつくしていた。

「冗談はさておき、麻倉くんに折り入って話がある」

一転して堂島の声が明るくなる。このあたりの気持ちの切り替え方は、人の上に立つだけあって見習うべきものがあった。

「どこかで一杯飲みながら、と言っても無理そうだから……」

堂島はデスクの一番下の引きだしを開けて、バーボンのボトルを取りだした。

その表情からは、仕事中の厳しさが消えている。日中は見せない微かな笑みは、おそらくマーケティング部門では美佐子しか知らないだろう。

「ちょうど貰い物があってね。ワイロじゃないぜ」

「当然です……」

冷たく言い放つが、なぜか邪険にできない。このままマンションに帰ればひとりになる。その情景が脳裏をよぎったのは確かだった。

(少しだけ……少し話すだけなら問題ないわ)

誰かといっしょにいたい。その欲求は日増しに強くなっていた。

肉体関係を持ったことを後悔しながらも、堂島には赤の他人とは異なる心の繋がりのようなものを感じていた。

こんな気持ちになってしまうのは、明日また浩之に――亡夫に似た妹の婚約者に会うせいかもしれない。妙に心が浮きたつのと同時に、誤魔化しようのない寂しさも感じていた。

「付き合ってくれるだろ？」

堂島は返事を待たずにショットグラスを取りだした。

なぜグラスまで用意してあるのか聞こうとは思わない。どうせはぐらかされるに決まっている。堂島のデスクに置かれたふたつのショットグラスに、バーボンがなみなみと注がれた。

堂島が目顔でうながしてくる。美佐子は気乗りしないことを態度で示すために、わざと溜め息をついてから歩み寄った。

「……一杯だけ」

ショットグラスを手に取るが、心を許したわけではない、あくまでも表情は硬いままだった。

「それで部長、お話というのは？」

「今日の仕事は終わりだよ。だから僕はもう部長じゃない」

堂島はグラスを目の高さに掲げると、おどけた様子で微笑んだ。とても管理職とは思えない少年のような笑顔だった。

（なんか、拍子抜けするわね……）

肩肘を張っているのが馬鹿らしくなってくる。肉体関係を持ったことで、過剰に警戒していた自分が滑稽に思えてきた。考えてみれば堂島は四十四歳の大人の男で、それなりに女性の扱いも慣れているようだった。

先週のことなど、美佐子が思うほど意識していないのではないか。それはそれで少し寂しい気もするが、ただ以前のようにコミュニケーションがとりたいだけなのかもしれない。

美佐子はショットグラスを軽く持ちあげると、意識して口もとをほころばせた。

「堂島さん。頂戴いたします」

あえて名前で呼ぶことで、仕事とプライベートは別だと強調したつもりだ。こちらも道理をわきまえた大人の女であることを印象づけたい。亡夫を裏切ってセックスしたことは後悔しているが、それを悟られたくなかった。

「うむ。では、お疲れさま」

堂島は一気に飲み干し、美佐子も半分ほどを喉に流しこむ。食道から胃にかけてが灼けるように熱くなり、アルコールがじんわりと全身にひろがっていく。

「今日はどうしてスカートなんだい？」

グラスにバーボンを注ぎながら尋ねてくる。堂島は酒が強い。不躾《ぶしつけ》な質問だが、まだ酔っているわけではないだろう。

「折り入ってのお話というのは、そのことですか？」

美佐子はバーボンを飲みつつ、余裕の態度で聞き返した。

すぐに怒るのは、余裕のない女がすることだ。駆け引きで優位に立つには、常に冷静でいなければならない。

「なにかあったんじゃないかと思ってね」

「あら、部下のプライベートに興味が？」

「前にも言っただろう。惚れた女のプライベートが気になるのは当然のことだ。それに今は時間外だから、キミは部下じゃない。ひとりの女として見ているよ」

ストレートな言葉にどきりとする。今さらそんなことを言われるとは、まったくの予想外だった。

(まさか本気……じゃないわよね)

女子社員に人気のある堂島が、自分など本気で相手にするはずがない。

そんなことを考えているうちに、ささくれ立っていた神経にバーボンが染み渡っていくのを感じていた。

「といっても、キミの心の準備もあるだろうからね。僕は気長に待ってるよ」

堂島の口もとには笑みが浮かんでいる。その目の奥には、情熱的な炎が揺らめいているような気がした。

美佐子はどう答えていいのかわからず、困ったように視線をそらしていった。

(なんだか熱いわ……そろそろ帰らないと……)

少し酔ったのかもしれない。それでも、今夜はもう少し酔いたい気分だ。ショットグラスをデスクに置くと、胸のうちを察したように堂島が無言でバーボンを注いでくれた。

「最近、冴えない表情をしていることが多いね。悩みがあるんだろう？」

不思議と嫌な気持ちにはならない。それどころか、プライベートを詮索されることが、女性として扱われているようで嬉しかった。

「悩み……ではないけれど、妹が結婚するの」

気づいたら口が勝手に動いていた。やはり心のなかでは、堂島のことを信頼しているのかもしれない。

「妹さんの結婚が悩みの種か。相手の男に問題があるとか？」

「ないわ、全然……。まったく問題はないの……」

問題があるとしたら、美佐子の心だった。浩之の顔を思い浮かべると、篤史の記憶がよみがえり胸の奥がキュンとなるのだ。

「ただ……少し疲れただけよ」

本当のことなど言えるはずがない。妹の婚約者が亡くなった夫にそっくりで、気になって仕方がないなんて……。

「彼はいい人……だと思う。多分……」

曖昧《あいまい》な言い方になったのは、実際には浩之のことをほとんど知らないから。死んだ夫と重ねているだけでまったくの別人だ。もちろん頭ではわかっている。それなのに、どうしようもなく惹かれてしまう。

「でも複雑な思いがある、ってことか」

堂島はポツリとつぶやき、まるで自分のことのように眉間に皺《しわ》を寄せた。

三年前、夫を亡くして途方に暮れている美佐子を助けたのは、かつての上司だった堂島だ。ぼろぼろになった姿を見られているだけに、余計に彼の前では強がりたくなるのかもしれない。

もう、あの頃のわたしとは違う。そう叫びたい気分だ。

朋美には幸せになってもらいたい。だが、同時にわずか半年で終わった自身の結婚生活がよみがえってくる。

「結婚か……。それなら祝ってあげないとな」

堂島はショットグラスを呷ると、ネクタイをゆるめて息を吐きだした。そんな仕草に男らしさを感じてしまう。

バーボンの瓶を摑んでショットグラスに注ぐ。まだ飲むつもりらしい。

「妹さんの結婚に乾杯」

堂島の言うとおりだ。姉として妹の結婚を祝福してあげなければならない。

「……乾杯」

ショットグラスを軽く合わせると、競うように飲み干した。

「はぁ……」

一気に酔いがまわってくる。それでも、勧められるまま杯を重ねた。

「今夜はとことん付き合うよ」

堂島は余計なことは聞かずに、空になったグラスにバーボンを注いだ。

もしかしたら、すべてを見透かされているのかもしれない。若くして未亡人になった美佐子の悲哀と苦労を理解したうえで、こうして話し相手になってくれているような気がした。

（わたし……なんだか……）

ここ数日、独り身の寂しさを実感しているせいだろうか。それとも飲み慣れないバーボンに酔ったのだろうか。

火照った身体が温《ぬく》もりを求めていた。

したい……。

そんな気分になったのは、やはり浩之に出会ったことが原因に違いない。

(ダメよ。浩之くんは妹の旦那さんに……義理の弟になるんだから)

心のなかで自分自身をたしなめる。しかし、下腹部に疼きがひろがり、無意識のうちにスカートのなかで内腿を擦り合わせていた。

「どうかしたのかい?」

堂島の低い声が聞こえてくる。ショットグラスをデスクに置くのが見えた。

「ンっ、ちょっと、酔ったみたい……」

美佐子もグラスを置くと、デスクの端を両手で摑んで身体を支える。そうしないと立っていられそうになかった。

「わたし……帰ります……」

すでに終電はない。車を拾って帰るしかないだろう。デスクを離れてフラフラと歩を進めた途端、脚がもつれて倒れそうになる。

「あっ……」

そのとき、大きな手で肩を支えられた。堂島の右腕がまわされて、美佐子の身体をやさしく抱き寄せる。

「少し休んでいったらいい。とてもひとりにはさせられない」

ワイシャツの胸板に頬を押しつける格好になり、男らしい体臭が鼻腔に流れこんできた。

「ああ……堂島さん」

一週間前に抱かれた記憶がよみがえる。筋肉質の体に組み伏せられて、逞しい男根によがり狂った。あれほどの絶頂感を味わったことはない。夫とするよりも、はるかに大きな快感だった。

「い、いけません……わたし……」

身をまかせたくなるが、自分の気持ちにブレーキをかけた。このまま流されてしまえば、酔いが醒めたとき後悔することになる。男の胸板を押し返そうとすると、逆に強い力で抱き締められた。

「麻倉くん、自分の気持ちに素直になれよ」

「誰かが戻ってきたりしたら……あっ」

顎に指を添えられて、強引に唇を奪われる。抗ったのは一瞬だけで、舌を入れられると力が抜けた。

（そんな……いけないのに……）

理性が瞬く間に溶かされていく。口内を舐めまわされ、怯《おび》えて縮こまっている舌を絡めとられる。唾液をたっぷり啜られて、舌の根が千切れそうなほど吸いあげられた。

「ダメ……あむンンっ」

深夜のオフィスで抱き合い、濃厚なディープキスを繰り返す。男の体臭とバーボンの香りが脳髄を痺れさせる。いつしか美佐子も気分を出して、自ら堂島の口内に舌を差し入れていた。

ジャケットの背中をやさしく撫でまわされ、やがてくびれたウエストをそっと摑まれる。それだけで「はンンっ」と色っぽく鼻を鳴らしてしまう。服の上からの愛撫は、もどかしい刺激となって女体に浸透していた。

もちろん、その間も濃厚な口づけはつづいている。お互いの唾液を堪能して、粘膜同士をねっとりと擦り合わせていた。

（こんなにされたら、わたし……また……）

内腿をぴったりと閉じて腰を捩らせる。股間の奥で微かに湿った音が響き、美佐子は羞恥と期待に胸を高鳴らせていった。

「むはぁ……ハァ……ハァ……」

長いキスから唇を解放されると、すっかり淫靡《いんび》な雰囲気が濃くなっていた。唇と唇の間に透明な糸が引くのもいやらしい。

バーボンの吐息が現実感を薄めている。今夜はどこまでも大胆になれそうな気がした。男の胸板に手のひらを触れさせているが、もう押し返そうとは思わない。それどころか、抱きつきたい衝動に駆られていた。

「僕たちは大人の関係だったろ？」

堂島の股間が下腹部に触れている。そこは明らかに硬くなっており、男らしい逞しさを感じさせた。

「堂島さん……わたし、酔ってるから……」

濡れた瞳で上目遣いに見つめていく。言葉にするのは憚《はばか》られるが、密着した下半身を離そうとは思わなかった。

「酔ってるから、なにをされても構わない？」

「忘れるわ……きっと……酔いが醒めたら、なにもかも……」

消え入りそうな声でつぶやいた。美佐子にできる精いっぱいの意思表示だった。

「どうせ、一夜限りの関係だろ？」

再び唇を奪われた。初めから舌を激しく絡ませる濃密な接吻だ。

「あむっ……堂島さん、はむううっ」

美佐子は積極的に男の唾液を味わい、お返しに唾液を口移しする。胸板に添えていた両手を首にまわし、抱き合いながらディープキスに没頭した。

堂島の手がジャケットの肩にかかった。スマートな手つきで、滑らすようにそっと脱がしていく。もちろん、その間も口づけを解くことはない。

薄いシャツの背筋を指先でなぞられて、ゾクゾクするような感覚が突き抜けた。ブラジャーのラインをいじられると、反射的に背中がのけ反っていく。

「はううっ……どうして、こんなに……」

性感は充分すぎるほど高まっている。内腿を擦り合わせるたびに、恥ずかしい染みがパンティの底にひろがるのがわかった。

(やだ……濡れちゃう)

女であることを生々しく自覚しながら、酔いにまかせて下腹部を男の体に擦りつける。硬くなった肉棒の感触に、ますます興奮が昂ぶった。

「今夜はずいぶん積極的だね」

堂島の手が背中を滑り、むちむちしたヒップへとおりてくる。スカートの上から両手で臀部《でんぶ》を撫でまわされたと思ったら、肉づきを確かめるようにギュッといきなり握り締められた。

「あぅンっ……」

尻たぶに指を食いこまされる感触が、股間を激しく疼かせる。蜜の量が一気に増えて、ストッキングにも染みがひろがった。

美佐子がたまらなそうに腰をくねらせると、堂島はますます執拗に尻肉を揉みしだく。女体の艶めかしい反応を楽しむように、スカート越しに焦れるような刺激を送りこんでくるのだ。

「そんな、お尻ばっかり……」

「腰が動いてるね。僕のが硬くなってるの、わかるかい？」

もちろん最初から気づいている。その陰茎の熱さで、これほどまでに気分が高揚しているのだから。

「いやらしいこと言わないで……ああンっ」

「でも、そろそろ欲しくなったんじゃないのか？」

スカートの上からヒップの割れ目を指先でなぞられた。途端に全身がビクッと反応して、恥ずかしい声が溢れてしまう。

「ひうンっ……や、それ……」

抗うように腰を捩りながらも、決して身体を離そうとしない。成熟期を迎えた女体は、もっと強い刺激を欲していた。

「堂島さん……あっ……ああっ……もう、苛めないで……」

思わず潤んだ瞳で訴える。昼間は勝ち気そうに振る舞っているが、今は自分を偽《いつわ》る余裕などなくなっていた。

「僕だって困らせる気はないよ。でも、キミは苛められるのが好きだったろう。ただ素直になってほしいだけさ」

手を引かれて自分のデスクへと連れていかれる。毎日パソコンに向かって仕事をしている美佐子にとっての戦場だ。

堂島はデスクの上のキーボードを端に寄せると、美佐子に耳打ちしてきた。

「そこに伏せて、お尻を突きだしてごらん」

あくまでも口調はやさしいが、その目には意地の悪い光が宿っている。堂島は女体が欲情していることに気づいていた。拒めないとわかったうえで、恥ずかしいポーズを要求してくるのだ。

「オフィスで……こんな格好させるなんて……」

美佐子は恨みっぽい瞳を向けながらも、性欲の昂ぶりには逆らえなかった。自分のデスクに伏せて上半身を預けていく。腰を九十度に折り、真後ろに立つ堂島にヒップを掲げるような恥ずかしい格好だ。

「お望みどおり、たっぷり苛めてあげるよ」

堂島はネクタイを緩めながらつぶやくと、美佐子の両手を背後に捻《ひね》りあげた。

「えっ……ちょ、ちょっと、なにを？」

突然のことに対処できない。両手を腰の上で重ねられ、素早く手首にネクタイが巻きつけられた。

「やっ、なにをするんですか……ほ、ほどいてください」

慌てて身を捩るが、両手の自由を完全に奪われている。力をこめても、まったく動かない。信じられないことに、後ろ手に拘束されてしまったのだ。

「怖がらなくても大丈夫。気持ちよくなりたいんだろう？」

「こんなの違います。冗談はやめて」

「縛られるのは初めてかい？　男を手玉に取る大人の女なら、これくらいは経験してると思ったんだけどな」

そう煽られると、むきになって騒ぎたてるのも恥ずかしく思えてくる。あくまでも遊び慣れた女を装っていたかった。

「堂島さん、こういうのがお好きなんですか?」

美佐子は仕方なくといった感じで、大人しくデスクに伏せた。

あくまでもプレイに付き合う振りをしているが、初めての緊縛で胸の鼓動は異常なほど速くなっていた。

「麻倉くんも好きなんだろう、ソフトSMが。やっぱり麻倉くんは責められるほうだろうね。勝ち気な女ほど被虐《ひぎやく》願望が強いものさ」

スカートの裾を指で摘まれたのがわかる。美佐子は瞳を閉じると、緊張と羞恥と期待のなかで生唾《なまつば》を呑みこんだ。

(縛られてなんて、恥ずかしい……でも……)

肉体の疼きを鎮《しず》めたいという欲求のほうが勝っていた。

スカートがゆっくりと捲《まく》りあげられていく。ベージュのストッキングに包まれたヒップが、蛍光灯の明かりの下で露わになる。薄い生地越しに、白いパンティがはっきりと透けているはずだ。

「すごく色っぽいよ。オフィスで下着を晒《さら》す気分はどうだい?」

堂島の指がストッキングのウエストにかかった。

まるで薄皮を剝ぐように、ゆっくりと脱がされる。両手を拘束されているので抗うことはできない。丸めるようにしてクルクルとおろされ、さらにパンティまでペロリと剝かれてしまった。

「ああっ……見ないでください」

ストッキングとパンティは膝のあたりに絡まり、むっちりとした肉づきのヒップが完全に露出する。内側を見せている下着は、船底が恥ずかしい蜜でぐっしょりと湿っていた。

「ずいぶん興奮しているみたいだな。キミみたいにバリバリ働くキャリアウーマンには、自分で気づいていないだけで潜在的なマゾが多いんだよ」

そうつぶやく堂島の声も若干上擦っているようだ。

背後からベルトを外す音と、衣擦《きぬず》れの音が聞こえてくる。なにが行われようとしているかは明らかだった。

（わたし、また……。あなた、ごめんなさい……我慢できないの……）

酩酊状態にあっても罪悪感が消えることはない。亡き夫の顔を脳裏に思い浮かべると、秘《ひそ》かに心のなかで謝罪した。

縛られたうえにヒップを掲げた淫らな格好で、恐るおそる背後を振り返る。するとコンドームを手にした堂島と視線が合った。

「それって……」

「大人の男のたしなみってやつさ。これでお互い気兼ねなく楽しめるだろう？」

堂島はまったく悪びれた様子もなく、口もとに笑みさえ浮かべてみせる。そして屹《きっ》立《りつ》しているペニスにゴムの薄膜を被せていった。

「最初から、するつもりだったんですか？」

避妊具をあらかじめ用意していたということは、セックスするつもりで計画的に酒を飲ませたのかもしれない。今さら責めるつもりはないが、その真意は確認しておきたかった。

「そう受け取ってもらって結構だよ。惚れると我慢できなくなる質《たち》でね。キミだってしたかったはずだ。ほら、こんなに濡らしてるんだから」

尻たぶをがっしりと鷲掴《わしづか》みにされて、熱く滾《たぎ》るペニスが恥裂にあてがわれる。それだけで新たな蜜が溢れだし、白い内腿を濡らしていく。

「ほ、本当にここで、こんな格好で……あううっ」

亀頭の先端が膣口を探り当てたかと思うと、そのまま侵入を開始した。

「あふっ、ダメ……手、ほどいて……」

立ちバックでするのは初めてだ。しかも両手を背後で縛りあげられている。こんな恥ずかしい体位だというのに、堂島は意に介することなく腰を押しつけてきた。

「軽く押すだけで、どんどん入っていくぞ。おおっ、すごい」

充分に濡れそぼった陰唇は咀嚼《そしゃく》するように蠢き、極太の肉茎を咥えこむ。巨大な亀頭が進むにつれて、大量の蜜がジュブジュブと溢れだした。

「あううっ、入ってくる……あむむっ、そんな奥まで……」

根元まで埋めこまれた瞬間、縛られた両手を強く握り締める。敏感な粘膜を擦られて鮮烈な快美感がひろがり、白いシャツの背中が弓なりに反った。たまらず小さな顎を跳ねあげて、むちむちのヒップを振りたてていた。

「ああンっ、大きい……あううっ、堂島さんっ」

「いつも働いているオフィスでするのは刺激的だろう。しかも縛られてセックスしてるんだ。みんなが知ったら驚くだろうなぁ」

「い、いやです、言わないで……はああンっ、こんなのいやです」

毎日仕事をしているデスクに伏せて、背後から上司のペニスで貫かれる。確かにオフィスでの緊縛セックスは、異常なまでの背徳感を掻きたてていた。

「口ではいやがっても、ほうら、また濡れてきたじゃないか」

「あううっ、いやらしい……わたし、すごくいやらしいことしてる」

尻たぶを撫でまわされて、男根がゆっくりと前後に動きはじめる。スローペースでの抽送が、燻っていた欲情の疼きを刺激した。

「あっ……あっ……なに、これ……ああッ」

正常位しか知らなかった美佐子にとっては、すべてが未知の体験だ。これまでにない角度で膣壁を擦られ、膝が崩れそうなほどガクガクと震えだす。拘束されて逃げられないと思うと、ひと突きごとに心が快楽に流されてしまう。

「こんなのって……ひッ……あひッ……」

「ううっ……やっぱり麻倉くんは最高だよ」

堂島も興奮気味につぶやき、腰の振り方を速くする。尻肉に指を食いこませて、力強い律動を送りこんできた。

「堂島さん、激しすぎます……あッ、ああッ」

「縛られてセックスすると、犯されてるみたいだろう。ほらほら、麻倉くんのなかはこんなに蕩けてるぞ。犯されても感じるのか？」

「そんな、ああッ、縛られて、犯されてるのに、あああッ、い、いいっ」

二度と関係を持たないと決めたはずだった。だが、こんなにも深く繋がり、自ら卑猥にヒップを振りたてている。

（もうダメ、感じちゃう……篤史さん、こんなわたしを許して……）

夫には悪いと思うが、成熟期を迎えた女体は狂おしいほどに逞しい男根を求めていた。上司の黒くて太い肉棒を抜き差しされることで、あの眩《まばゆ》いばかりの絶頂感が押し寄せてくる。

「あッ、あぁッ、く、来る……すごいのが来るっ、ひあああッ、堂島さんっ」

「くぅっ、締まってきた……麻倉くんっ」

「ひああッ、大きい、壊れちゃうっ、ひッ、ひいッ、も、もうっ」

膣道を激しく擦りたてる巨根がさらにひとまわり大きくなり、強烈な圧迫感に襲われた。いよいよ迫ってきた最後の瞬間に備えて、ネクタイを巻きつけられた両手を強く握り締める。

「ひいッ、あひッ、すごっ、ひいいッ、あひいいッ」

「ぬううっ、出すよ、麻倉くんっ……うおおおおッ！」

堂島は激しく腰を打ちつけると、低い声で呻《うめ》きながら射精を開始した。膣襞のうねりを堪能しつつ、ゴムの被膜のなかに勢いよく精を噴きあげる。

「きひいいッ！　わ、わたしも……ああッ、あひいいッ」

たまらず声が裏返った。膣道に埋めこまれた男根が、まるで意志を持った生物のように脈動した。

「出てるっ、ひぃいッ、会社なのに、オフィスなのに、あううッ……あああッ、来ちゃうっ、いいっ、あひあぁぁぁぁぁぁぁぁッ！」

根元まで叩きこまれて、亀頭の先端が子宮口にまで到達する。

美佐子は歓喜の涙を流しながら、強烈な絶頂感に腰を振りたくった。夫以外の男根をこれでもかと締めつけて、無我夢中で肉の愉悦を貪り尽くした。

3

金曜日の夜、残業を終えた美佐子は、会社の近くで妹と落ち合った。

いつも堂島が使っているカフェだ。この店が一番わかりやすくて、待ち合わせの場所にちょうどよかった。

結婚式のことで相談に乗ってほしいと言っていたが、他にも目的があるのは薄々わかっている。しかし、あえてそのことには触れなかった。

今日も美佐子は、淡いピンクのスカートスーツだ。

昨日の今日なので躊躇《ためら》いはあった。しかし、少しでも肌を隠したいという思いとは裏腹に、女として見られたい欲求が高まっていた。

浩之に会うことが、もちろん強く影響しているだろう。今朝クローゼットを開けたとき、すぐにスカートが目に入った。

カフェを出て二人のマンションに到着したのは十二時過ぎだった。朋美と浩之はすでに同居している。結婚後も継続して住むということだ。

イタリアンレストランで働いている浩之の帰宅は、もう少し遅くなるらしい。毎晩大変だと思うが、夜の勤務もリズムさえできれば慣れるという。

「お姉ちゃん、狭いけど入って」

朋美は照れ臭そうにしながら、部屋に案内してくれた。

賃貸の2LDKが二人の愛の巣だ。決して広くはないが、ここからすべてがスタートする。浩之は将来自分のレストランを持つのが夢だという。それを実現させるために、朋美も協力していくつもりらしい。

(わたしが無くしてしまったものを、朋美たちはこれから築きあげていくのね)

微笑ましいと思う反面、胸の奥に微かな痛みを感じる。

美佐子の結婚生活はわずか半年で終わってしまった。そのことを思いだすと、二人を応援したい気持ちと同時に、軽い嫉妬を覚えてしまう。

「いいところじゃない。ここが二人の家なのね」

美佐子は二人掛けのソファに腰掛けると、リビングを見まわしながら妹に微笑みかけた。

「なんか恥ずかしいな。ゆっくりしててね。もうすぐヒロくんも帰ってくるから」

朋美はコーヒーを淹《い》れると言ってキッチンに向かった。

幸せいっぱいの妹が眩《まぶ》しく見える。会社の上司となりゆきで二度も関係を持ってしまった自分が、余計に惨《みじ》めでならなかった。

今日の残業中、美佐子は意識して堂島と視線を合わせなかった。話しかけられても、目を見ることなく返事をした。こんな状態で仕事がつづくだろうか。よりによって直属の上司と寝てしまうとは、後悔の念ばかりが膨らんでいた。

浩之が帰宅したのは、リビングにコーヒーの香りが漂いはじめた頃だった。

「美佐子さん、こんばんは。遅くなってすみません」

実直な性格の彼らしく、律儀に頭をさげてきた。

ネクタイにグレーのスーツ姿だが、おそらく普段はもう少しラフな格好で通勤しているに違いない。帰宅してすぐ美佐子に会うことを想定し、今朝はスーツを着て出かけたのだろう。

「お邪魔しています。遅くまで大変ね」

「いえ、朝はゆっくり寝ていられますから。すぐに支度をします」

すでに深夜だが、イタリアンのシェフである浩之が腕を振るってくれることになっている。美佐子は彼の目を見つめて、内心どぎまぎしながら頷いた。

朋美がトレイにコーヒーカップを乗せて運んでくる。浩之とすれ違い様、はにかみながら微笑んだ。

「コーヒー入ったよ。それでね、結婚式のことなんだけど、お姉ちゃんにいろいろ教えてほしいなと思って」

隣に座った朋美は、浩之が帰宅したことでご機嫌だった。

美佐子の胸に疎外感がひろがっていく。学生時代の友人や会社の同僚が結婚しても、これほど寂しい気持ちにはならない。もちろん少しはこたえるが、すぐに立ち直ることができた。

だが、今回はこれまでの経験がまったく当てはまらない。それは実の妹が結婚するからなのか、それとも浩之に亡夫の姿を重ねてしまうからなのか。

堂島に抱かれても心が満たされることはなかった。三年前に亡くなった篤史のことを、いまだに忘れられずにいた。

結婚式の相談はすぐに終わった。親族の席順や料理のことなど、美佐子でなくても答えられるようなことばかり。やはり今夜の目的は別にあるようだ。

「ヒロくんの料理、すごく美味《おい》しいよ」

朋美がにこやかに話しかけてくる。しかし、その瞳の奥には探るような光が宿っていた。

「ワイン、飲むでしょう？」

「そうね。せっかくだから、いただくわ」

美佐子はにっこりと微笑み返したつもりだが、妹の顔から不安の色を消すことはできなかった。

（そんなに気になるものかしら？）

どうやら朋美の言動から察するに、美佐子が浩之のことを気に入っていないと思いこんでいるらしい。

結婚するのだから、みんなに祝福されたいと願っているのだろう。愛する婚約者が受け入れられないのは、妹にとってかなりの苦痛に違いない。

しかし、すべては朋美の勘違いだ。美佐子は浩之のことを嫌ってなどいない。むしろ気になって仕方がない。亡くなった夫の姿をダブらせてしまい、強く惹かれて困っているのだ。

だから必要以上に踏みこまないし、踏みこませないようにしている。そういう態度が朋美の目から見ると、嫌っているように感じるのかもしれない。

つまり美佐子がここに呼ばれた理由は、浩之の魅力を認めさせるためだ。だから深夜にもかかわらず、浩之はシェフの腕前を披露しようとしている。実姉と婚約者の距離をなんとか縮めたいという、可愛い妹の切なる願いだった。

「お待たせしました。簡単な物ですけど」

浩之が料理を運んできた。

生ハムとトマトのサラダにモッツァレラチーズを使ったパスタ、それにバジルを利かせた鶏肉のグリル。テーブルの上が一気に華やかになり、食欲をそそる香りが鼻腔に流れこんだ。

「まあ、美味しそう。さすがにシェフね」

短時間にこれだけの料理を作ったことに驚かされる。思わず素直な感想を漏らすと、朋美の顔に安堵の笑みがひろがった。

（あ……こういうことでいいのね）

美佐子も肩から力を抜いて、心から微笑むことができた。

浩之に惹かれそうになる自分を抑えつけるあまり、全身に力が入りすぎていたらしい。そんな不自然さが妹に不安を与えていたのだろう。

いい人なら惹かれるのは当然のこと。一線を越えるわけではないし、自然に振る舞えばいいだけの話だ。

「ワインを開けましょう。美佐子さん、飲めるんですよね？」

浩之はワインのボトルを持ってくると、L字型に配置されたひとり掛けのソファに腰をおろした。

「なんだか、お腹が空いてきちゃったわ」

料理が美味しいと会話も弾《はず》む。二人の馴《な》れ初《そ》めから、プロポーズに至るまで、子供の頃の出来事や趣味の話など、話題は尽きることがなかった。

赤ワインが空いて、二本目の白ワインのコルクを抜いたとき、朋美はソファに身を沈めるようにして眠りこけていた。

妹はもともと酒があまり強くない。結婚式の手配などで疲れも溜まっていたのだろう。この様子だと、しばらく起きそうになかった。

「この子ったら、仕方ないわね」

美佐子が呆《あき》れたようにつぶやくと、浩之は困ったような顔で歩み寄ってきた。

「せっかく美佐子さんが来てくれたのに……すみません」

すでに結婚しているような浩之の口ぶりに、美佐子は思わず苦笑する。そして、甘い新婚家庭の風景を、ふと脳裏に浮かべていた。

羨ましくないと言えば嘘になる。しかし、再び家庭を持つ気にはなれない。愛する人を亡くす悲しみを二度と味わいたくないから……。

何度か朋美の肩を揺すってみるが、やはり起きる様子はなかった。アルコールが入っているせいか、深い眠りに落ちているようだ。

「それじゃ、わたしはそろそろ――」

「あ、待ってください。ワインの栓を抜いたばかりですし、まだ料理が残ってますから。朋美ちゃんは寝室に連れていきます」

浩之は朋美を横抱きにして立ちあがる。いわゆる〝お姫様抱っこ〟だ。細身だが軽々と抱きあげるところはさすがに男だった。

ドアを開けて隣の寝室へと運んでいく。ダブルベッドが置かれている室内がチラリと見えた。二人は毎晩そこで寝ているのだ。

ワインが程よくまわった頭に、裸で絡み合う男女の姿が浮かびあがる。

(やだ……わたしったら)

慌てて卑猥な妄想を打ち消しにかかった。しかし、それまでの楽しい気分はすっかり醒めて、にわかに心臓が早鐘を打ちはじめた。

「ぐっすり眠っています。朝まで起きそうにないですね」

朋美を寝かしつけてきた浩之は、ひとり掛けのソファに再び腰を落ち着ける。そしてワインのボトルを持ち、慣れた手つきでふたつのグラスに注いでいった。

「本日はわざわざ足を運んでいただいて、ありがとうございます」

浩之があらたまった様子で頭をさげてくる。美佐子は戸惑いながら、慌てて居住まいを正した。

「朋美ちゃんを……妹さんを必ず幸せにします。美佐子さん、今後ともよろしくお願いいたします」

浩之が背筋をぴんと伸ばし、異様なまでに硬い動きで腰を折る。緊張が頂点に達しているのか、頬の筋肉が怖いくらいにこわばっていた。

「こちらこそ、妹をよろしくお願いします」

美佐子も表情を引き締めると、丁重に頭をさげて言った。

彼と二人きりになる場面は想定していなかったので、妙に落ち着かない気持ちになってしまう。早く帰りたかったが、完全にタイミングを逃してしまった。もう少し話に付き合わなければならないだろう。

「じゃ、浩之くん。堅苦しいのはこれくらいにして、あらためて乾杯しましょう」

ここは義姉になる美佐子がリードしなければならない。柔らかい笑みを心がけて告げると、浩之の表情が少しだけやわらいだ。

「応援してるわよ。素敵な家庭を築いてね」

気の利いたひと言が思いつかず、ありきたりな言葉とともにグラスを掲げた。

「ありがとうございます。それでは」

浩之の顔には笑みがひろがっている。朋美の望みどおり、少しだけ距離を縮めることができたかもしれない。

美佐子はワイングラスを摘み、甘みのある液体をひとくち口内に流し入れた。

(やっぱり、似てる……)

横顔を見つめながら、篤史のことを思いだす。記憶のなかの夫は、三年前の姿から変わっていない。篤史が亡くなったのは二十九歳、そして現在の浩之も二十九歳。そんな共通点があると、余計に二人を重ねて見てしまう。

「あ、あの……休みの日とかは、なにをされているのですか?」

「別になにもしてないわ……どうせひとりだから」

意地悪をするつもりはないが、独り身の妬《ねた》みが滲みでていたのかもしれない。場の空気が一気に重たくなった。

「そう……ですか」

浩之は話題を探しているのか、そわそわと視線を泳がせる。ワイングラスに二度三度と口をつけては、喉仏を上下させて飲みくだす。朋美が寝てしまったことで、どうやら浩之も気詰まりを感じているようだ。

そんな彼の様子を見ているうちに、美佐子は逆に冷静になっていく。年上の余裕だろうか。ワインの酔いはまわっているが、もう浮き足立つことはない。会話が途切れても、気にすることなく浩之の横顔を見つめつづけた。

「なんか、すみません……。人見知りする性格で……」

気まずい沈黙を破ったのは浩之だった。掠れた声で遠慮がちにつぶやき視線をそらす。そのとき、下肢をチラリと見たのがわかった。

わずかにスカートがずりあがり、肉づきのいい太腿が少しのぞいていた。彼の頬が赤く染まっているのは、どうやらワインのせいだけではなさそうだ。

（まあ……）

不思議と嫌な感じはしない。それどころか目のやり場に困っている彼の姿が、美佐子の目には初々しくて可愛らしく映った。

そういえば、夫とも同じような経験がある。あれは結婚する前のことだ。デートの最中、急に無口になったのでどうしたのかと思ったら、スカートからのぞく太腿を見て真っ赤になっていた。

(篤史さんも、こんなときあったわね……懐かしいわ)

少し酔っているのか、珍しく悪戯心が湧きあがってくる。

美佐子はワイングラスを置き、そっと脚を組んでみた。スカートの裾がさらにずりあがり、ストッキングの太腿がなかほどまで露出する。

浩之は一瞬だけ視線を向けたが、すぐに顔を背けてワインを呷った。どうやら気づかない振りをするつもりらしい。

さらに、美佐子はゆっくりと大きな動作で脚を組み替えた。スカートの裾がふわりと浮きあがり、太腿が付け根近くまで露わになる。むっちりした腿肉はもちろん、パンティまで見えてしまいそうだ。

「あ……み、美佐子さん?」

さすがに浩之も見て見ぬ振りができなくなり、小さな声をあげて硬直した。それでも美佐子は妖艶《ようえん》に微笑んでみせる。男の視線を浴びることが快感だった。

「ふふっ……どうかした？」

小首をかしげてつぶやいてみる。

自分でも信じられないような行動だ。夫の死後、男に媚《こ》びたくないと思って生きてきた。それなのに、妹の婚約者を挑発するような態度を取っている。こんなことをしてしまうのは、きっと浩之が夫に似すぎているからだ。

（あなた、見て……わたし、色っぽくなったでしょ？）

篤史に見られているような錯覚が、美佐子をさらに勢いづける。もう一度脚を組み替えると、シャツのボタンに指をかけた。

「なんだか身体が熱いわ。酔ったのかしら？」

上から順にボタンをふたつ外し、胸の谷間を強調するように前屈みになる。浩之は驚いたように目を見開き、胸もとをじっと凝視してきた。

（見られてるわ……もっと見て……）

異様な高揚感のなかで、さらに大胆になっていく。胸の下で腕を組み、量感のある乳肉を持ちあげる。シャツの襟《えり》ぐりから、汗ばんだ双丘の谷間とブラジャーの白いレースがちらりとのぞいた。

「す……すごい……」

浩之の粘りつくような視線が柔肌を這いまわる。当然こんな事態は予想していなかっただろう。彼は興奮を隠すことができずに鼻息を荒くしていた。

「ねえ、浩之くん。大人の女ってどう思う？」

目を見つめながら、年下の男をからかうように声をかける。

浩之はなにも答えることができずに生唾を呑みこんだ。その目は瞬きを忘れたように見開かれたままだった。

美佐子は久しぶりの快感に腰を捩らせた。男に注目される恍惚とした感覚は、女にしかわからない。その男が妹の婚約者だということが、暗い優越感をもたらしているのも、また事実だった。

（わたしって、悪い女……）

初めての小悪魔的な行動に酔っていた。悪女を演じる悦びがひろがっていく。大人の遊び。男と女の駆け引き。ちょっとしたゲームのつもりだった。

しかし、浩之の興奮は思った以上に高まっていた。ひとり掛けのソファから立ちあがり、大胆にもいきなり隣に移動してくる。

「み、美佐子さん……僕は……」

飢えた獣《けもの》のように目が血走っていた。二人掛けのソファで身を寄せられて、肩と肩が触れ合った。

「あ……浩之くん、落ち着いて」

息がかかりそうなほど顔が近づいてくる。キスされるような気がして、美佐子は脚を深く組んだ不安定な姿勢で上体を反らした。

「冗談よ。からかってごめんなさい」

大人の女を気取ってさらりとかわそうとする。しかし、若い男の体臭が鼻腔に流れこみ、眩暈にも似た感覚に襲われた。

(ああ、この匂い……)

そのとき、両肩を摑まれてドキリとする。スマートな体型の浩之だが、その手は思ったよりも大きくて力強かった。

「美佐子さんが誘ってきたんですよ」

冗談を言っているような目ではない。美佐子は魅入られたように身動きが取れなくなった。まるで篤史に見つめられているような気がした。

「初めて会ったときから、僕は……」

「浩之くん、いけないわ……あうっ」

ついに唇を奪われてしまう。はっと我に返って手を振り払おうとするが、そのままソファに押し倒された。

「あっ……こんなところ、朋美に見られたら……ンンっ」

隣の部屋では妹が寝ているのだ。焦って身を捩るが、ついばむようなキスを繰り返される。懸命に顔を背けても、浩之は執拗に食いさがった。

「美佐子さんがいけないんです。僕のこと挑発するから」

「待って、謝るから……」

必死に説得を試みるが無視されて、唇をぴったりと塞がれてしまう。すぐに舌が入りこみ、口腔粘膜を強引にしゃぶりまわされた。それだけで全身から力が抜けて、瞬く間に抵抗力が失われていく。

（ああ、そんな……あなた……）

不器用な浩之のキスに、またしても亡き夫の記憶がよみがえる。堂島の巧みなキスとは異なる、若さにまかせた情熱的な口づけだ。

「はぁっ……妹が……朋美が起きるわ」

ようやく唇を振りほどいて潤んだ瞳で訴える。いくらなんでも、これより先に進むわけにはいかなかった。

「朋美ちゃんは一度寝たら起きませんよ。美佐子さんだって知ってるでしょう」

浩之の目は完全に据わっていた。壁一枚を隔てた隣の部屋に、来月結婚する朋美が眠っている。それなのにこうして美佐子を押し倒し、ついにはスカートのなかに手を入れてくるのだ。

「だ、ダメ、あンっ……やめて、お願いだから」

ストッキングの太腿を撫でまわされて思わず力が抜ける。そこを狙いすましたように、両手で膝をグイッと割られてしまう。

「ああっ、ま、待って」

訴える声は無視された。下肢を大きくひろげられ、股間を覆うストッキングを摘みあげて破られる。化学繊維の裂けるビリビリという音が被虐感を煽りたてた。

「ひいっ、浩之くんっ」

大きな声をあげた直後に頬をひきつらせる。もし妹が起きたら、それこそ修羅場になってしまう。それだけは避けなければならなかった。

「美佐子さん、ごめんなさい。でも、もうとめられないんです」

浩之の口から謝罪の言葉が溢れだす。罪悪感はあるが、異様な興奮に囚《とら》われているのだろう、今にも泣きだしそうな悲痛な表情でストッキングを破り、股間に張りついたパンティを脇にずらしていった。

「いやっ……見ないで……」

思わず顔を背けるが、視線は痛いほど感じている。もっさりと繁った陰毛に、剥きだしにされた生身の女に、滾るような牡《おす》の情欲が突き刺さってきた。

浩之が言葉にならない呻きを発しながらベルトを外す。もどかしげにズボンとボクサーブリーフをおろし、すでに硬直している陰茎を剝きだしにした。

「もう、僕は……ううっ、美佐子さんっ」

自分の感情をコントロールできないのだろう。獣のように歯を剝きながら、涙まで流している。わずかに残っている理性は風前の灯火《ともしび》だった。

「ま、待って……お願い……正気に戻って」

美佐子は声を潜めて懇願する。しかし、浩之の興奮は高まっていく一方だ。こうなってしまったら、どんな言葉でも制止できそうになかった。

「やっ、挿《い》れないで……あああッ」

強引に腰を押しつけられて、硬くなった肉棒をズブズブとねじこまれる。そのとき初めて濡らしていることに気がついた。認めたくないが、妹の婚約者に唇を奪われて背徳的な興奮を覚えてたのだ。

「あううッ、い、いや……くむううッ」

みっしり詰まった媚肉を掻きわけられると、鮮烈な感覚が脳天まで突き抜けた。

(わたし、なんて罰当たりなことを……朋美、許して……)

ついに妹の婚約者と関係を持ってしまった。いかなる理由があろうと許されることではない。後悔の念が胸の奥にひろがるが、楔《くさび》のようにペニスを根元まで穿《うが》ちこまれると逃れようがなかった。

「美佐子さん……ううっ、入りましたよ、僕のが……全部……」

浩之がシャツのボタンを外して、ブラジャーを強引にずりあげる。豊かな乳房が剝きだしになり、いきなり乳首に吸いつかれた。

「ひうッ……乱暴にしないで……あッ……ンンッ」

同時に腰も動かされて、膣壁を擦りあげられる。朋美を起こさないように、懸命に声を押し殺す。しかし、禁忌《きんき》を犯していると思うと、なぜか膣の奥から新たな蜜が溢れてしまう。

「こんなこと、いけないの、あうンッ……ね、ねえ、わかって」

「うっ……ううっ……美佐子さんっ」

「あうッ、動かないで……あふンッ、いや、抜いて、お願いだから……」

いかにも経験の少なそうな拙い抽送が、かつての夫とのセックスを想起させる。しかもペニスのサイズまでが篤史と近く、ますます心を乱されていく。

(本当に似てる……こんなことって……ああっ、あなた)

堂島とはまったく異なる快感だ。亡き夫としている妄想に、華蜜が次から次へと分泌される。結合部から卑猥な音が響き渡り、蕩けそうな愉悦が全身に伝播《でんぱ》していった。

「ああンっ、妹がいるのに……あッ……ああッ……どうしてなの？」

「ぼ、僕、とんでもないことを……でも、とめられないんですっ」

腰の動きはスピードを増し、蜜壺を力強く抉りまくる。慣れていないからこそ、その情熱的なピストンが愛《いと》おしかった。

「あうッ、浩之くん……あッ……あッ……」

「許してください、朋美ちゃんには内緒にしてくださいっ」

浩之が腰をカクカクと振りながら涙声で訴える。自分勝手な言い草だが、最初にからかったのは美佐子のほうだ。多少なりとも負い目を感じていた。

「わかったから、あううッ……お願いだから、なかには出さないでっ」

「くううっ、気持ちいいっ、美佐子さんっ、僕……僕、もう……」

「ああッ、ダメよ、なかはダメっ、あッ、あンッ」

言い聞かせるように目を見つめると、浩之は泣きながら何度も頷き、猛烈な勢いで腰を振りたくった。

「すみませんっ、美佐子さん、許してくださいっ……くううッ」

「あうッ、声が、あンンッ、あああッ、妹が起きちゃう」

若さ溢れる抽送に翻弄されて、喘ぎ声を抑えられない。男の体にしがみつきたい衝動に襲われ、顔の横にある浩之の手首を強く摑んだ。すると膣道が勝手にうねり、男根をこれでもかと締めつけた。

「ううッ、きついっ……美佐子さんのなか、すごく気持ちいいですっ」

ペニスが引き抜かれて、破れたストッキングの太腿に熱い粘液が降りかかる。火傷《やけど》しそうな熱さが引き金となり、昂ぶっていた性感が一気に暴走した。

「ひあああッ、かけないでっ、熱いっ、ひいッ、ひいッ、すご……あああッ、浩之くんっ、ひいッ、あくううううううッ！」

美佐子は奥歯を食い縛ってよがり啼きを押し殺し、亡夫と妹の顔を同時に思い浮かべながら背徳のアクメに悶え狂った。

第三章　披露宴の裏で

1

朋美の結婚式は、浩之の実家がある名古屋で行われた。

もちろん美佐子も東京から駆けつけている。この日のために黒いワンピースを新調した。両親と久しぶりに会ったことで懐かしさがこみあげて、いつか地元に帰ってくるかもしれないとぼんやり思った。

結婚式が無事に終わり、新郎新婦がそれぞれの控室で披露宴の準備をしている。

美佐子は頃合いを見計らって妹の控室に顔を出そうと思い、ひとりでロビーの椅子に腰掛けていた。

今夜は披露宴会場のホテルに泊まることになっている。東京にとんぼ返りもできたが、妹たちに勧められて一泊することにした。

——せっかくだから、たまには仕事を離れてゆっくりさせてもらおうかな。

そう返事をしたと思う。でも、じつは仕事に集中できず悩んでおり、会社を休む口実にさせてもらった。自分を見つめ直す時間がほしかったのだ。

仕事中でも浩之の顔が脳裏に浮かび、すぐ近くには堂島もいる。同時期に二人の男性と関係を持ってしまった。しかも、毎日顔を合わせる直属の上司と、妹の夫になる年下の男……。

すべては身から出た錆《さび》だ。とにかく自分自身に失望していた。立派な人間だと自惚《うぬぼ》れていた訳ではないが、これほどだらしない女だとは思わなかった。

あの夜以来、浩之とはなにもない。朋美を交えて何度か会っているが、お互い何事もなかったかのように接している。他人行儀な浩之の態度がありがたくもあり、また寂しくもあった。

朋美には絶対に知られるわけにいかない。だが、抱かれたことで、ますます浩之に惹かれる自分に気づいてもいた。

亡き夫だけではなく、可愛い妹まで裏切ってしまった。

罪悪感で押し潰されそうになっている。しかし、朋美の幸せそうな顔を見ると、どうしても嫉妬がこみあげてしまう。

（わたしって、ひどい姉だわ……妹のことを妬むなんて……）

自分の結婚生活が長くつづかなかった分、前々から朋美には明るく幸せな家庭を築いてほしいと願っていた。だからこそ、胸の奥に渦巻く罪悪感はいっこうに消える気配がなかった。

美佐子は椅子から立ちあがるとロビーを後にした。絨毯《じゆうたん》の敷かれた廊下をヒールで歩き、新婦の控室へと向かっていく。マイナス要素を心から追い出し、祝福の気持ちだけを浮かべるように努力した。

ドアをノックしようとして、ふと感慨深い思いが胸の奥にひろがった。

（あの子が結婚するのね……）

妹のことを考えるとき、必ず幼かった頃の愛らしい笑顔が浮かんでくる。二十六歳になった現在の顔は、意識しないと思いだすことができない。美佐子のなかの朋美は、今でも泣き虫で甘えん坊だった子供のままなのだ。

小さく息を吐きだしてからドアをノックする。すぐに「どうぞ」と返事があり、美佐子はそっとドアノブをまわして室内に足を踏み入れた。

「あっ、お姉ちゃん。なんか照れちゃうな。悪くないでしょ？」

朋美は椅子から立ちあがると、恥ずかしそうに微笑んだ。

純白のウェディングドレスがよく似合っている。幼さの残る横顔が、プロのメイクで大人びて見えた。

「すごく綺麗よ。こんなに綺麗な花嫁さんを見るのは初めて」

偽りのない言葉が溢れだす。美佐子は胸が熱くなるのを感じ、慌てて気持ちを引き締めなければならなかった。

メイク担当の女性が席を外してくれたので、妹と二人きりになることができた。しかし、いざこうして向かい合ってみると、なにを話せばいいのかわからない。妹のウェディングドレス姿が眩しすぎて、直視できないほどだった。

「朋美、おめでとう」

姉らしく祝福の言葉をかけてみる。妹の門出を素直に喜びながら、同時に羨望《せんぼう》の思いがこみあげてきた。結婚に未練はないつもりだったので、そんな自分の感情が意外だった。

「絶対に……絶対に幸せになるのよ」

「ありがとう……お姉ちゃんに言われるのが一番嬉しいな」

朋美の瞳が潤んでいる。その涙を目にしたとき、美佐子の胸にまたしても罪悪感がひろがった。

「お姉ちゃん、ごめん。まだ準備終わってないんだ」

滲んだ涙を誤魔化すように、朋美がおどけながら顔の前で両手を合わせた。

「今日の夜、部屋に行ってもいい？　いろいろ話したいことあるし」

「わたしは構わないけれど、今夜は……」

結婚初夜は夫婦だけで過ごすべきだろう。今夜は朋美たちもホテルに泊まり、明日からハネムーンの予定になっていた。

「大丈夫。これからずっと二人きりだもん」

「わかったわ、部屋で待ってる……。いいこと、浩之くんと幸せになるのよ」

心にもないことを言ったつもりはない。しかし、本心かと問われたとき、素直に頷ける自信はなかった。

「うん。絶対に幸せになるね。ヒロくんといっしょに」

嬉しそうな朋美の声を聞いて、再び苦い思いがこみあげる。

罪悪感だけではない。浩之と関係を持ってしまったという後ろめたさが、いつしか暗く濁った優越感へと変わっていた。

新婦の控室を出ると、廊下で待機していたメイクの女性が入っていった。

披露宴がはじまるまで少し時間がある。美佐子は意を決して、新郎の控室へと足を向けた。

やはり愛想笑いを浮かべてうやむやにするのは性に合わない。あの夜のことは二度と話題にするべきではないと思う一方で、今後のためにはっきりさせておくべき問題のような気もした。

いずれにせよ、あれは一夜限りの過《あやま》ちだ。それはもちろん浩之もわかっていると思う。念のため控室を訪ねて、話せる状況なら話題を振ってみるつもりだ。

「あ、美佐子さん……」

緊張しながらドアをノックすると、すぐに浩之が顔を出した。

一瞬驚いた様子だったが、すぐに人懐っこそうな笑みを浮かべる。そしてドアを大きく開き、快《こころよ》く迎え入れてくれた。

控室には他に誰もいなかった。浩之はすでに準備を整えており、ひとりで独身最後の時間を過ごしていたようだ。

「浩之くん、おめでとう」

まずは定型《ていけい》だが祝福の言葉を述べた。

目の前に立った浩之は、線は細いが背が高い。白いタキシードが思いのほか似合っており、颯爽《さっそう》として男らしく見えた。

「ありがとうございます。美佐子さんが来てくれるなんて感激です」

浩之はドアに鍵《かぎ》をかけると、熱い視線を向けてくる。そして、いきなり美佐子の右手を取り、両手で包みこむように握り締めてきた。

「え……な、なに？」

突然のことに動揺した美佐子は、訳がわからないまま控室の中央へと誘導された。

「僕も会いたかったですよ」

その声は明らかに先ほどと異なっている。まるで恋人に囁きかけるように、情熱的な響きをともなっているのだ。

「浩之くん。あなた、なにを言ってるの？」

思わず口調が険しくなった。しかし、浩之は気にすることなく、まっすぐに瞳を見つめて語りかけてくる。

「こんなに早く二人きりになれるとは思いませんでした」

「二人きりって……ちょっと勘違いしないで」

まさかこういう反応をされるとは予想外だった。浩之にはまったく悪びれた様子がない。彼もあの夜のことを反省していると思いこんでいた。しかし、どうやら正反対のことを考えていたようだ。

「あなたは妹と結婚するのよ。わたしは二人の結婚をお祝いするために来たの。わかるでしょ？　浩之くんと密会するために来たわけではないわ」

早口で捲したてるが、浩之は手を離そうとしない。それどころか、ワンピースの肩に手をまわされてしまう。

「どうして、そんなに冷たいこと言うんですか？　あの夜だって、美佐子さんが誘ってきたんじゃないですか」

「ちょっとからかっただけよ。本気にしないで」

嫌な予感がこみあげるが、肩をしっかりと抱かれて逃げられない。叫べばすぐに助けが来るだろう。しかし、ホテルには両家の親族や関係者が大勢集まっている。新婦の姉が新郎と揉めていたとなれば、ただでは済まないはずだ。

最悪の場合、すべてが明るみに出て披露宴は中止に追いこまれる。婚姻自体が完全に消滅し、妹を不幸のどん底に叩き落としてしまう可能性も充分にあった。

(わたしのせいで……そんなこと絶対にダメよ)

美佐子は頬をひきつらせて、浩之の顔を見あげた。

「浩之くん、なにを考えてるの？」

「美佐子さんこそ、どういうつもりでここに来たんですか？」

感情を抑えこんでいるのか、浩之は下唇を噛み締めている。その目には妙に真剣な光が宿っていた。

「だから、わたしはあなたとの関係を清算しておこうと思って」

この際なのではっきりさせておくべきだ。美佐子は思いきって口にすると、全力で男の手を振り払った。

「そんな、待ってください。美佐子さんっ」

「あっ……」

ようやく離れたと思ったのに、今度は真正面から強く抱き締められてしまう。両手を背中にまわされて、今度こそ自力で逃れることはできそうになかった。

「やめてっ、妹に見られたらどうするの？」

無駄だとわかっていても、身を捩らせずにはいられない。誰かが控室を訪ねてくる可能性もある。鍵がかかっていることを不審に思われた時点で、すべてが終わってしまうかもしれないのだ。

「妹を……朋美を幸せにしてくれるんじゃなかったの？」

「結婚なんてどうなってもいい。僕の気持ちはわかってるでしょう」

「くっ……ちょっと、苦しいわ……」

浩之はますます腕に力をこめて、決して離そうとしない。まるで今生《こんじょう》の別れを惜しむかのように、強くて熱い抱擁だった。

(ああ、この感じ……いけないわ……)

美佐子は流されないように、自分自身に言い聞かせる。しかし、鼻腔に流れこんでくる男の体臭と全身に感じる体温が、少しずつ理性を狂わせていく。

大きな手で抱き締められると、か弱い女であることを思いだす。会社で男勝《まさ》りに働いている姿は偽りで、本心では男の人に庇護《ひご》されたいと願っている。力まかせの抱擁が、眩暈にも似た感覚を引き起こしていた。

(からかってるだけでしょ？　ねえ、どうしてわたしなの？)

喉もとまで出かかった言葉を、ぎりぎりのところで飲みくだす。それを聞いてしまうと、後戻りできなくなるような気がしたから……。

——妹さんを必ず幸せにしてみせます。僕たちの結婚を認めてください。

初めて会ったとき、浩之は確かそう言っていた。情熱的な目で、男らしくきっぱりと言い切った。そんな一途な姿に、亡き夫の面影を重ねたのかもしれない。

しかし、あのときの浩之の熱い気持ちは、なぜか朋美ではなく美佐子に向けられていた。たった一回寝ただけで、浩之の心を奪ってしまったのだ。

正直なところ、女としてこれほどの優越感はない。寝取った男が、妹の婚約者でなければの話だが……。

「お願いだから冷静になって。朋美はどうなるの？」

美佐子はどうにか説得しようとするが、浩之の抱擁は強まるばかりだ。

「結婚はします。でも、僕の気持ちは変えられない。朋美ちゃんのことは今でも好きだけど、美佐子さんが一番になったんです」

「正気なの？　そんな気持ちで朋美と結婚するの？」

愕然《がくぜん》としながらつぶやいた。自分の軽はずみな行動が、とんでもない事態に発展しようとしている。美佐子は膝が小刻みに震えるのを、どうしてもとめることができなかった。

「美佐子さん、したいよ。今すぐ愛し合いたいんだ」

浩之の手がワンピースの背中を這いまわり、ブラジャーのラインを弄ぶ。見おろしてくる目は粘着質に潤み、首筋についばむようなキスを降らせてくる。

「あンっ、ダメ……無茶を言わないで……」

このままだと暴走するのは時間の問題だ。美佐子は弱々しく身を捩り、懇願するような瞳で見あげていた。

「ねえ、浩之くん。こんなことしても、どうにもならないのよ」

「僕のこと、遊びだったんですか？」

浩之が耳もとで囁きかけてくる。その声は今にも泣きだしそうなほど切実で、警察に取り囲まれた犯罪者のように切羽《せつぱ》つまっていた。

「あ、あの日のこと……み、みんなに話してもいいんですよ」

血の気の引いた顔で見おろしてくる。おそらく直前までこの台詞《せりふ》は躊躇《ちゆうちよ》していたのだろう。意を決したような言葉は、情けないほど震えていた。

「馬鹿なことはやめて……そんなことをしたら、朋美が……」

美佐子の細く整った眉が、困ったような八の字に歪んだ。

浩之に卑劣な脅し文句を吐かせてしまった責任は自分にある。それがわかっているからこそ、頭ごなしに拒絶することができなかった。

「したいんだ。美佐子さん」

「困らせないで……ここは披露宴の控室なのよ、お願い……ンンっ」

耳の後ろに舌を這わされて、抱き締められた身体がピクッと反応する。男の胸板からは、心臓の鼓動が力強く伝わってきた。

「それなら、せめて……せめて口でしてくださいっ」

「無理よ、そんなこと……」

卑猥な行為を要求されて、困惑はさらに深まっていく。口での奉仕など、亡くなった夫にもしたことがなかった。たとえ好きな相手でも、風俗嬢のように仕えることに抵抗を感じていた。

「わかりました。それなら今から朋美ちゃんに全部話します。美佐子さんのことが好きだから結婚できないって説明します」

浩之の顔は真剣そのものだった。

こんな状況だというのに「好きだ」と言われて、胸の高鳴りを覚えてしまう。彼のストレートな物言いが、愛情に飢えた心にじんわりと染み渡っていく。

「披露宴まで時間がないんです。美佐子さんっ」

控室で執拗に迫られて、美佐子は激しく混乱していた。

朋美の幸せな結婚を願っている。だが、無事に結婚させるためには、また彼女を裏切ることになってしまう。姉妹愛と欲望の狭間で葛藤《かっとう》した末に、美佐子は苦渋の決断をくだした。

「お、お口で……してあげるから」

受け入れるしかなかった。

もし拒絶すれば、浩之はすぐにでも新婦の控室に向かうだろう。絶対に妹を泣かせるわけにはいかなかった。

諦めたように全身から力を抜くと、ふいに抱擁が解かれた。そして両肩をそっと押さえつけられ、その場にしゃがみこまされてしまう。

深いワインレッドの絨毯に両膝を着き、目の前に迫ったスラックスの股間に視線を向ける。そこはすでにこんもりと膨らんで、男の興奮を生々しく伝えていた。

「美佐子さん、チ×ポを出しておしゃぶりしてください」

うながす声が頭上から降り注ぎ、いよいよ追い詰められる。

(するしか……ないのね……)

美佐子は催眠術にかかったように、ほっそりとした指でスラックスのファスナーをおろしていく。

「約束して。こんなことするの、これが最初で最後よ」

それは解決策を見つけられなかった自分自身への言い訳だった。

ボクサーブリーフの前から指を忍ばせて、芯が通った熱い陰茎を摑みだす。これほど間近で男性器を目にするのは初めてだ。その圧倒的な存在感は、美佐子の心をさらに揺さぶった。

もうすぐ妹の結婚披露宴が行われようとしているのに、あろうことか新郎の前にひざまずいている。強烈な背徳感に、常識を突き崩されていくような気がした。

（ああ、この匂い……）

べったりと濡れた男根の先端から、獣のような匂いが鼻腔に流れこんでくる。

美佐子は恐れおののきながら、屹立した肉柱の根元を両手で掲げ持った。強烈な臭気が理性を痺れさせて、いつしか双眸はうっとりと潤んでいた。

「美佐子さん、早く……ううっ」

浩之が焦れたようにつぶやく声が聞こえてくる。右手の指を肉茎に絡みつかせると、その声は快楽の呻きへと変化した。

とにかく時間がなかった。そろそろ係の人が呼びに来るかもしれない。一刻も早く浩之を満足させなければ、すべてが明るみに出てしまう。

（こんなこと、あの人にもしたことないのに……）

美佐子はそっと瞳を閉じると、唇を男根の先端に押し当てた。先走り液がネチャッと付着するのがおぞましい。思わず離しそうになるが、朋美のことを思って踏みとどまる。震える唇を開きながら、巨大な亀頭を咥えこみにかかった。

「ンふっ……むふぅぅっ」

熱い肉の塊《かたまり》が口内を埋めつくす。牡の獣臭とカウパー汁の生臭さがひろがり、たまらず眉間に縦皺を寄せていた。

(ああ、苦いわ……わたし、本当にこんな淫らなことを……)

男の苦味を感じながら、嫌悪感と罪悪感に苛まれる。

初めてフェラチオする相手は夫でも恋人でもなく、妹と人生を歩もうとしている男だった。どれほど異常なことかはわかっている。だが、こうして浩之の激情を鎮める以外に、この窮地を乗りきる方法はなかった。

「くぅっ……美佐子さんにフェラしてもらえるなんて感激です」

浩之が興奮した様子でつぶやいている。その言葉を証明するように、口内の肉茎がビクンッと跳ねあがった。

(こんなところを誰かに見られたら……)

こうしている間にも、控室を訪ねてくる人がいるかもしれない。鍵がかかっていることに気づかれたら、もう言い逃れはできないだろう。

それが、もし朋美だったとしたら……。

恐ろしい妄想が湧きあがり、肉胴に密着した唇から血の気が引いた。

「舌も使ってください。飴玉《あめだま》をしゃぶるみたいに」

「こ、こんなこと最後よ……あむううっ」

言われるまま舌腹を亀頭に押し当てる。唾液をまぶすようにねっとりと舐めまわし、さらに肉胴にも舌を伸ばしていく。一秒でも早く終わらせたい一心だった。

「ンっ……あむっ……ンンっ」

「そうです。その調子ですよ。首も振ってもらえますか」

さらに興奮した浩之が居丈高《いたけだか》に命じてくる。

美佐子は左手を男の太腿に添えて、右手の指を肉胴の根元に巻きつけていた。仕方なく首を前後に動かし、唇をゆっくりとスライドさせて刺激する。

「うむっ……はむっ……あふンンっ」

口を性器のように使われる屈辱がこみあげて、男根を咥えたまま上目遣いに男の顔をにらみつけていく。しかし、浩之の快感に歪んだ顔を見た途端、屈辱も憤怒も瞬く間に消え去った。

(興奮……してるのね。わたしの口で……)

男の昂ぶりが男根を通して伝わってくる。不思議と嫌悪感はなくなっていた。それどころか、愛する人に奉仕しているような悦びを感じている。そう、またしても浩之に、亡き夫——篤史の姿を重ねていた。

「ううっ……しゃぶりながら袋を揉んでください」

調子に乗った浩之が次々と注文をつけてくる。

美佐子は逆らうことなく左手を皺袋に伸ばした。妙に柔らかい感触が気色悪い。それでも双つの玉を転がすようにして、手のひらでやさしく刺激した。

「き、気持ちいいっ……美佐子さん、それ、すごくいいです」

浩之が感極まったような声をあげると、愛する夫を悦ばせているような錯覚に囚われる。少し嬉しくなり、肉茎を強めに吸いあげてみた。

「はむンンっ……これはどう？　あむっ……ンンンっ」

「そんなに吸われたら……うあっ、す、すごいっ」

男の感じている声が、これほど興奮を誘う物だとは思わなかった。美佐子はいつしか夢中になってペニスを舐めしゃぶり、口唇奉仕に没頭していた。

「くっ……ぼ、僕、もう……美佐子さんっ」

浩之の声が上擦りはじめる。いよいよ射精の瞬間が近づいているらしい。服にかけられたら披露宴に出られなくなる。そう思って口を離そうとしたとき、いきなり後頭部を押さえこまれた。

「もう出ますっ、美佐子さん、飲んでくださいっ……で、出る、くうううッ！」

口内のペニスが大きく膨れあがり、猛烈な勢いで精液が噴きあがる。熱い迸りが喉の奥を直撃して、むせ返りそうになりながら反射的に嚥下《えんげ》した。

「おおおッ！　うぐっ……うぐっ……うむううっ」

食道から胃にかけてが灼け爛《ただ》れたように熱くなる。それでも次々と注ぎこまれる粘り気のある体液を呑みくだした。

「うはぁっ……ハァ……ハァ……。ひどいわ、口に出すなんて……」

肩で息をしながら、恨みっぽい瞳を向けていく。

もちろん初めての飲精だ。さすがに汚辱感は強烈だが、満足そうな浩之の顔を見あげると、なぜか怒りが湧いてくることはなかった。

（やだ……なんか……）

こってりと濃厚な精液が、喉の奥にへばりついているのが不快でならない。それでも奉仕する悦びのほうが、はるかに勝っていたのは事実だった。

（……クセになりそう）

美佐子は乱れた呼吸を整えながら、潤んだ瞳で浩之を見あげていた。

2

披露宴は滞りなく進行している。

美佐子は両親や親族たちと円卓に着いていた。懸命に平静を装っているが、心は千々に乱れていた。

なにしろ、つい先ほど新郎にフェラチオ奉仕したのだ。思いだすと顔が真っ赤に染まり、全身が熱く火照ってくる。行為に没頭しているときより、我に返っている今のほうが羞恥心と罪悪感が大きかった。

両親の目が朋美に釘付けになっているのが、せめてもの救いだ。

しかし、こうして座っているだけでも、周囲から白い目で見られているような気がしてならない。誰もが破廉恥《はれんち》な姿を知っており、腹のなかで嘲笑《ちようしよう》しているのではないか。そんな妄想が、どうしても頭から離れてくれなかった。

(わたし、おかしいわ……)

なにかが大きく変わろうとしていた。だが、その実態が摑めない。

今にして思うと、三年前から時間が進んでいなかったような気がする。愛する夫を失った悲しみを忘れるため、仕事に明け暮れる生活を送ってきた。しかし、浩之と出会ったことで、とまっていた時間が動きだしたのではないか。

どこに向かうのかはわからない。とにかく、運命の歯車がまわりはじめたことだけは確かだろう。

「これからしばらくは、みなさん自由にご歓談ください」

マイクを通した司会者の声が、披露宴会場に響き渡った。

ビール瓶を持って何人かが立ちあがり、新郎新婦のもとへと歩み寄っていく。浩之と朋美は照れ笑いを浮かべながら、知人たちと挨拶を交わしていた。

そのとき、浩之がこちらに顔を向けた。ほんの一瞬だけ視線が交錯する。美佐子を意識しているのは明らかで、熱い想いが伝わってくるような気がした。

(やだ……身体が熱いわ……)

視線をそらしてうつむくと、秘かに内腿を擦り合わせる。股間の奥で微かにクチュッと湿った音が響き、思わず目もとを赤らめた。

恥ずかしいほどに濡れている。

じつは控室でフェラチオしているときから華蜜が溢れだしていた。妹と結婚する男のペニスを舐めしゃぶり、口内射精された白濁液を呑みくだす。その背徳的な行為に、異常なまでの興奮を覚えたのだ。

「はぁ……」

小さく溜め息をつくと、生魚《なまざかな》のような匂いが鼻を突いた。それは間違いなく精液の香りだった。周囲の人たちが不審がるのではないかと気になってしまう。しかし、その一方で、欲望が急激に高まるのを感じていた。

（本当に浩之くんのを呑んだのね……）

口内に咥えこんだ肉棒の感触がよみがえる。硬くてゴツゴツした肉塊は、男らしさに満ち溢れていた。

そっと睫毛《まつげ》を伏せて、口のなかで舌をゆっくりと蠢かす。膨れあがった亀頭の熱さを思いだすと、それだけで濡れかたが激しくなる。パンティは限界近くまで蜜を吸い、股間にべったりと張りついていた。

「あのぉ、新婦のお姉さんですよね？」

いきなり話しかけられてハッとする。瞳を開くと、新郎の友人と思われるスーツ姿の若い男が立っていた。

「あ、はい……朋美の姉の美佐子です」

淫らな妄想を気取られないように、慌てて背筋を伸ばして応対する。しかし、内心では精液の匂いがするのではないかと冷やひやしていた。

「どうも、僕は新郎の大学時代の親友でして……あ、お近づきの印に」

ビール瓶を差しだされたので、仕方なくグラスを持つ。自称親友はなみなみとビールを注ぎ、ひととおり自己紹介をして去っていった。

ようやく危機を脱して、そっと周囲を見まわしてみる。すると他にも酌《しゃく》をしようとビール瓶を持ってうろついている男たちが数人いた。

男たちは容姿端麗の美佐子が気になるようで、それとなく様子をうかがっている節があった。もしかしたら愛蜜の匂いを本能的に嗅ぎつけて、彼ら自身も無意識のうちに吸い寄せられているのかもしれない。

(やだ……見られてるわ)

美佐子は牡たちの視線に晒されて、膨れあがる羞恥に身悶えた。

確認するまでもなく、股間がぐっしょりと湿っているのがわかる。そろそろパンティでは吸収しきれなくなり、スカートの裏地まで濡らそうとしていた。

美佐子はうつむき加減に立ちあがると、化粧を直しに行く振りをして洗面所へと急いだ。女子トイレの個室に駆けこんで鍵をかける。ひとりきりになったことで、少しだけ落ち着きを取り戻せた。

とにかく、濡れた股間をなんとかしなければならない。とりあえずワンピースのスカートを捲りあげて、黒いレースのパンティをおろしていく。

「あふっ……」

密着していた布地が剝がれて、蒸れた股間に空気が流れこむ。恥裂とパンティの船底の間に、透明な汁がねっとりと糸を引いていた。自分がどれだけ欲情していたかを視覚的にも確認することになり、思わずひとりで赤面してしまう。

（いやらしいわ……妹の結婚式で、こんなに……）

美佐子は頰を染めながら、洋式便器の蓋《ふた》に腰をおろした。

パンティは予想していたとおり、臀部のほうまで染みがひろがっている。放っておけば、間違いなくスカートに染みを作ることになっただろう。

トイレットペーパーを適当に引きだしてちぎると、濡れたパンティの船底に押し当てる。たっぷりの湿り気を帯びており、何度も同じことを繰り返してようやく大方の愛蜜を取り除いた。

美佐子は熱い溜め息をつくと、パンティを膝に絡めた状態で脚をそっと開く。そして、濡れた股間を拭《ぬぐ》うために、折り畳んだトイレットペーパーを押し当てた。

「ンっ……」

柔らかい感触とともに、ネチョッという湿っぽい音が個室に響き渡る。それと同時に蕩けそうな快美感が、まるで波紋のように全身へとひろがった。

(やだ、すごく濡れてる……)

蜜を吸ったトイレットペーパーはあっという間に破れて、右手の指先が直接陰唇に触れてしまう。ヌルリとした愛蜜に興奮が高まり、思わず腰が浮きそうになる。

「あぁぁ……」

小さな声が溢れだし、慌てて下唇を噛み締める。このまま手淫に耽りたい衝動に駆られるが、妹の披露宴をこれ以上冒瀆《ぼうとく》することはできない。理性の力を総動員して懸命に抑えこんだ。

(ダメよ、こんなこと……早く戻らないと)

指を離そうとしたそのとき、誰かが女子トイレに入ってきた。

『ねえ、いい男いないね』

『収穫なしだわ。朋美に一番いいところ持っていかれちゃったみたい』

どうやら朋美の知り合いらしい。トイレを使う様子はないので、鏡の前で化粧を直しているのだろう。

美佐子は全身を緊張させて、マネキンのように固まった。

しとどの蜜にまみれた恥裂に触れているだけで、微弱電流のような快美感がひろがっている。指を離せばいいだけの話だが、卑猥な音が聞こえたり、声が漏れたりしたときのことを考えると、全身の筋肉が硬直してしまうのだ。

『いい男はいなかったけどさ、朋美のお姉さんって超美人よね』

『そうそう、綺麗でびっくりしちゃった』

女盛りの美佐子は、嫌でも人目を惹いてしまう。気づかないうちに、男性だけではなく同性からも注目されていたらしい。

『でもね、お姉さんって、若いのに未亡人らしいよ』

『へえ、どうりで犯《や》りたい盛りの男たちが、飢えた目で見るはずだ。納得納得』

女同士のたわいもない雑談だ。しかし、欲情している美佐子にとっては、妙に生々しく聞こえてしまう。

(男の人たちが、そんな目でわたしのことを……)

彼らの視線を思いだすだけで、なぜか興奮が煽られていく。触れたままの陰唇から新たな蜜が溢れだし、蟻《あり》の門渡《とわた》りをトロトロと流れ落ちる。

『どうして世の男たちは未亡人が好きなのかねぇ』

『まったくだわ……。そろそろ戻ろうか』

雑談に耽っていた女性たちが立ち去る頃には、個室のなかに発情した牝の淫靡な匂いが充満していた。

「はぁぁっ……」

ほっとして吐きだす息に、精液の生臭さが混じっている。その匂いを嗅いだだけで、浩之のペニスが脳裏に浮かんでしまう。異様な昂ぶりが自然に鎮まるはずもなく、便器の蓋には華蜜が小さな溜まりを作っていた。

（わたしも、戻らないと……）

いつまでも席を外しているわけにはいかない。しかし、恥裂から指を離そうとしたとき、甘美なアクシデントに襲われた。たっぷりの華蜜で指がヌルリと滑ってしまったのだ。

「あうンンっ……」

たったそれだけで、反射的に顎がクンッと跳ねあがる。痺れるような快美感だ。

（ちょっと擦っただけなのに……）

今度は自らの意志で、指をそっと上下に動かしてみる。すると、またしても肉の愉悦が強弱をつけてひろがった。

（ああっ、すごいわ、これ……）

極限まで欲情した女体は、いとも簡単に快楽に流されていく。淫裂を軽く摩擦しただけで、今にも達してしまいそうな快感の波が押し寄せた。

こうなってしまうと指の動きをとめられない。陰唇の合わせ目をヌルヌルとなぞりあげては、硬くなった肉芽を転がしてみる。敏感な肉のポッチはこれでもかと充血して、精密機械のように感度を高めていた。

「ンっ……ンンっ……はンンっ」

懸命に声をこらえるが、嚙み締めた下唇の隙間から艶っぽい呻きが溢れだす。いつ誰がトイレに入ってくるかわからない緊張感が、全身の感覚をますます鋭敏にしていた。

（ああ……もうだめ、我慢できない……）

気づくと唇の端から涎を垂らし、手淫に耽っていた。

実の妹の結婚披露宴が行われている会場で、女子トイレの個室にこもってオナニーに没頭している。女の割れ目を、息を荒げながらいじっているのだ。そんな淫らがましい自分の姿を思い浮かべると、さらに破滅的な快感が膨れあがる。

「はっ……あっ……あっ……も、もっと……」

脚が徐々に開き、膝に絡んだパンティが恥ずかしいほどに伸びきった。

右手の中指を膣口に押し当てて、息を殺しながらじわじわと挿入を開始する。もう以前のように指を挿《い》れることに躊躇はない。クリトリスだけの自慰では満足できない身体になっていた。

「くぅぅっ、入ってくる……ああっ……あむぅぅっ」

思わず大きな声が漏れそうになり、左手の指を強く噛む。潤みきった女壺は、中指をずっぽり呑みこんで収縮した。さっそく指をスローペースで出し入れする。快感のあまり下半身にぶるるるっ、ぶるるるっと痙攣が走り抜けた。

トイレでオナニーをするのは、もちろん初めての経験だ。はしたないことをしていると思うほどに快感が強まり、指を抜き差しするスピードが加速する。

（気持ちいい……もう、やめられない）

朋美には悪いと思うが、結婚を祝う気持ちよりも性欲のほうが勝っていた。とてもではないがオナニーせずにはいられない。一度でも絶頂に達することができれば、少しは気持ちが落ち着くような気がした。

さらに指のピストンを速めて、濡れそぼった蜜壺を抉りまわす。膣襞を擦りあげては、指先をスクリューのように回転させた。

「はううっ……ンっ……ンンっ……ンくぅぅっ」

ここそ隠れての自慰が、異様なまでの高揚感を連れてくる。自宅でのオナニーではあり得ない愉悦が膨れあがり、あっという間に絶頂感が迫ってくるのだ。

左手の人差し指を、歯形がつくほど噛み締める。それでもアクメの波が近づいてくると、悩ましい呻きを完全にこらえることはできなかった。

「ンぁっ……あうッ……あンンンッ」

抽送させていた中指を、根元までぴっちりと埋めこんだ。そのまま鉤《かぎ》状に曲げると膣壁が抉られて、燃えあがるような刺激に腰がググッと迫りあがる。

（すごい……すごいわ……来る、来るのっ）

全身の皮膚がいっせいに粟立ち、膣肉が激しく痙攣しながら収縮した。

「ひッ、ひううッ、声、出ちゃう……ああッ、ンっ、ンンっ、だ、ダメっ、朋美、許して、こんなお姉ちゃんを許してっ、くううッ、あくううぅぅぅぅぅッ！」

トイレのなかで必死に声を押し殺して絶頂に昇りつめる。それはこれまでの自慰行為のなかで、間違いなく最高の快感だった。その心地よさに、しばらく放心してしまった。

しかし、浩之とのセックスを知ってしまった今は、子供騙しの中途半端な絶頂感にしか思えなくなっていた。とりあえず達することはできたが、下腹部に渦巻く情欲を完全に満足させるには至らない。

（ひどいわ、浩之くん……わたしのこと、こんな身体にして……）

彼のことを思うと、思わず涙ぐんでしまう。虚しさと寂しさが胸に押し寄せて、たまらず内腿をもじもじと擦り合わせた。

3

披露宴が終わると、美佐子はホテルの部屋でシャワーを浴びた。

できることなら、すべての記憶を洗い流したい。堂島と寝たこと、浩之に惹かれていること、篤史が死んでしまったこと……。

リセットボタンを押して、すべてをやり直せたらいいのに。そんなことを考えながら、熱いシャワーを頭から浴びつづけた。

バスルームから出ると、備えつけの浴衣《ゆかた》に袖《そで》を通す。濡れた髪をバスタオルで包んでアップに纏めると、冷蔵庫からミネラルウォーターを取りだした。

五百ミリリットルのペットボトルに口をつけて、三分の一ほどを一気に喉に流しこむ。よく冷えた水で体温がさがり、少しだけ気分がすっきりした。

ひと息つくと、見計らっていたようにドアをノックする音が響き渡った。

すぐに朋美の顔が思い浮かぶ。披露宴の控室を訪ねたとき、夜になったら部屋に行っていいかと聞かれた。もちろん了承したが、期待はしていなかった。結婚初夜なので、当然浩之と二人きりで過ごすものと思っていた。

(朋美、本当に来たのね)

ドアに歩み寄りながら、念のため声をかけてみる。

「どちら様ですか?」

『僕です。浩之です』

廊下から聞こえてきたのは、意外なことに浩之の声だった。

(え……浩之くんも?)

やって来るにしても朋美がひとりだと思いこんでいた。もしかしたら朋美は、「二人で挨拶に行くよ」というつもりで言ったのかもしれない。新婚夫婦の初夜を邪魔する小姑《こじゅうと》のようで、落ち着かない気持ちになってしまう。

「ちょっと待って、すぐに開けるわ」

美佐子は頭に巻いたバスタオルを取ると、濡れた髪を背中に垂らした。

浴衣姿だったが、廊下で待たせておく訳にはいかない。妹夫婦だけなので構わないだろう。とりあえず部屋に迎え入れてから着替えるつもりだった。

「あ……」

ドアを開けた瞬間、美佐子は思わず固まっていた。なぜかそこに朋美の姿はなく、浩之だけが立っていたのだ。

「朋美ちゃんなら寝てますよ」

動揺に気づいているのか、浩之がさらりと口にする。その表情からは真意を読み取れない。どこか淡々としており、しかし目力《めぢから》だけは妙に強かった。

浩之は紺色のスラックスにワイシャツを着ている。ネクタイまで締めて、身なりを整えてきたようだ。美佐子は自分の浴衣姿が急に恥ずかしく思えて、無意識のうちに衿《えり》を重ね直した。

「朋美ちゃん、披露宴でずいぶんお酌されてましたからね。唇を湿らせた程度ですが、もともとお酒が弱いうえに疲れていたので酔いがまわったみたいです」

「そ、そう……」

美佐子はドアのレバーを握ったまま躊躇していた。控室でのことを思いだすと、やはり二人きりになるのは避けるべきだろう。彼を部屋に迎え入れて、もし間違いが起こってしまったら……。

そのとき、たまたま廊下を通った他の宿泊客がチラリと視線を向けてきた。

ドアを開いて立ち話をしているとかなり目立つ。知り合いに見られて勘繰《かんぐ》られたくない。仕方なく、すぐに帰すつもりで部屋に通した。

「浩之くんも疲れたでしょう。今夜は早めに休んだほうがいいわよ」

奥に向かって歩きながら予防線を張っておく。二度と関係を持つつもりはない。どんなに心惹かれたとしても、浩之は朋美と結婚したのだ。妹をこれ以上裏切るわけにはいかなかった。

「着替えるから座ってて」

バスルームに向かおうと踵を返す。すると、すかさず背後から呼びとめられた。

「そのままでいいですよ」

「あ……ちょっと」

浴衣の腰に手をまわされて、思わず身を捩って拒絶する。しかし、浩之の指は離れることなく、くびれた腰にしっかりと食いこんでいた。

「僕、まだ眠れないんです」

「浩之くん……困らせないで」

「ほんの少しでいいんです。話し相手になってもらえませんか」

懇願するようでありながら、どこか強制的な響きをともなっている。母性本能をくすぐられると同時に、息苦しいほどの危機感も膨れあがっていた。

「いけないわ、初夜なのに……」

視界の隅にシングルベッドが映り、思いがけず胸の高鳴りを覚えてしまう。

「初夜じゃなければ、僕の相手をしてくれるんですか？」

「そういう意味じゃ……あンっ、やめて」

弱々しくうつむいたところを、正面から強く抱き締められた。まっすぐに見つめられ、慌てて顔を背けていく。

「やめません。本当に好きなんです」

「なにを言ってるのよ……」

「初夜なのに先にひとりで寝ちゃうなんて、ひどい花嫁だと思いませんか？　美佐子さん、姉としてどう思います？」

結婚式を挙げた当日だというのに常軌を逸した行動だ。新妻となった朋美を愚弄《ぐろう》しているとしか思えない。しかし、美佐子は怒りや悲しみよりも、女として昂ぶっていくのを感じていた。

（朋美、許して……わたし、あなたのこと裏切ってたの……）

心のなかで謝罪しながらも、こうして求められることをどこかで悦んでいる。

純白のウェディングドレスを身に纏った朋美は、一生に一度だけの輝きを放っていた。女なら誰もが憧れる花嫁姿だ。その美しい妹に勝ったという暗い優越感が、胸の奥にじんわりとひろがっていた。

「美佐子さん、僕の気持ちわかってるでしょう?」

耳もとで囁かれると、切ない気持ちになってしまう。心が揺れ動くが、流されるわけにはいかない。これ以上、過ちを犯すわけにはいかなかった。

しかし、浩之は簡単には引きさがってくれない。左手で腰を抱き、右手で顎を摘まれる。顔を上向きにされた次の瞬間、いきなり唇を奪われていた。

「ンっ……やめて……」

胸板を押し返すが、すぐにまた口づけされてしまう。亡くなった夫には一度もされたことのない強引な接吻だ。

「僕は本気なんです。美佐子さんっ」

若い浩之の抑えきれない激情が、唇を通して伝わってくる。

しかし、どんなに本気だと言われても応えることはできない。唇を振りほどこうとしてもがくと、後頭部をしっかり抱えこまれた。

「はうンっ……や……ンンンっ」

舌が入りこんでディープキスへと雪崩《なだ》れこむ。唇を割られたと思った直後、厚みのある男の舌が、口内をねっとりと舐めまわしてくる。

(ああ、ダメ……キス、弱いから……)

そのまま舌を絡めとられて二人の唾液が混ざり合う。粘膜同士を擦り合わせる感覚が、あっという間に孤独な未亡人から抵抗力を奪っていく。

「美佐子さん……ああ、美佐子さん……」

浩之は唇を奪いながら、何度も繰り返し名前を呼んでくる。ストレートな感情の暴走が、怒濤《どとう》のように美佐子の胸に流れこんできた。

(やめて……名前を呼ばないで……)

鼓膜を震わせる浩之の声が、記憶のなかにある篤史の声と重なり同化する。舌を強く吸われると、それだけで理性が甘く痺れて気怠い感覚がひろがった。

ワイシャツの胸板に添えた両手には、すでにまったく力が入っていない。それでも美佐子は口先だけの抵抗を繰り返していた。

「ンはぁっ……いけないわ、こんなこと……」

「僕だってわかってます。でも、気持ちをとめられないんです」

浩之は熱っぽくつぶやき、浴衣の背中を撫でまわしてくる。その指先がなにかを探すようにさ迷っていた。

(気づかないで……お願い……)

美佐子は困ったように眉を八の字に歪ませる。じつはパンティは穿いているが、ブラジャーを着けていなかった。そのことに気づかれてしまうと、浩之の暴走を加速させてしまうかもしれない。

「もしかして、誘ってるんですか?」

本来ならブラジャーのホックがある辺りを、指先でくすぐられる。背筋にゾクゾクする感覚が走り、美佐子は思わず肩を竦ませた。

「あンっ、ま、待って……。ダメよ、わかるでしょう?」

濡れた瞳で訴えかけるが、浩之は聞く耳を持たない。自分の考えに凝り固まっており、美佐子が応えてくれると信じているようだ。口もとに笑みさえ湛《たた》えて、首筋に唇を押し当ててきた。

「あっ、いや……はンっ、やめ……」

「ううん、この甘い匂いがたまらないです。ああ、美佐子さん」

耳の後ろを舐められて、全身をビクッと硬直させる。体臭を嗅がれていると思うと、羞恥に頬が染まっていく。直前にシャワーを浴びていたことが、せめてもの救いだった。

「冷静になって……あふっ、浩之くんは朋美と結婚したのよ」

性感を刺激されながらも説得を試みる。妹に対する罪悪感が、ぎりぎりのところで美佐子の理性を保っていた。

「どうして今さらそんなこと言うんですか？　昼間はフェラチオだってしてくれたじゃないですか。朋美ちゃんのことは、もう関係ないでしょう」

「関係ないなんてことは……ああンっ、許して……」

耳たぶを甘噛みされて膝が崩れそうになる。微電流のような快感が全身を駆け巡っているのだ。脱力しかけたところをいきなり〝お姫様抱っこ〟されて、そのままベッドに乗せあげられた。

「あ……浩之くん……」

「もう立ってられないみたいだから。倒れたら危ないですよ」

ベッドカバーと毛布を剝ぎ、白いシーツの上にまるで大切な物を扱うように横たえられる。添い寝をして覗きこんでくる目の奥には、欲情の炎がはっきりと揺らめいていた。

ここできっぱり拒絶しなければ、二度と後戻りできなくなる。それがわかっていながら、美佐子は強く抗うことができなかった。

「……ダメなの、わかって——ウンンっ」

言葉だけの抵抗は、またしても口づけで遮られた。じっくり口内を舐めまわされて唾液を啜られると、完全に身体から力が抜けてしまう。

「あんなに燃えたセックスは初めてなんです。美佐子さんだって本当はしたいんでしょう？　僕たちの身体の相性はばっちりですよ」

「やめて、知らないわ……言わないで……」

ディープキスで瞳を潤ませながら、それでも決して頷かない。亡き夫と可愛い妹のことを思うと、どうしても欲望に身をまかせる気にはなれなかった。

「あの夜のことが忘れられないんです。毎日、美佐子さんのことばっかり考えてるんです。したくてしたくて、たまらないんです」

いきなり浴衣の衿ぐりを摑まれて、思いきり左右に開かれる。大きな双つの乳房が露わになり、反射的に両腕で覆い隠す。頂《いただき》で揺れる乳首は硬く充血しており、ピンク色をいやらしいほどに濃くしていた。

「ああっ、待って……お願い、脱がさないで」

さらに帯を解かれて、下半身もはだけられてしまう。花嫁に対抗したかのような純白のパンティに指がかかり、あっという間につま先から抜き取られた。

「やっ、冷静になって……浩之くん、こんな関係つづかないわ」

黒々とした陰毛が繁った恥丘を手のひらで覆い、懸命に内腿を擦り合わせる。浴衣は背中から引き抜かれて、一糸纏わぬ全裸にされてしまった。

「やっぱり綺麗です……美佐子さんの身体」

浩之は素早くネクタイをほどいてワイシャツを脱ぎ、スラックスとボクサーブリーフを一気におろす。すでに肉茎は破裂せんばかりに屹立している。一刻も早く女体を貫きたくて、先端から透明な涎を滴《したた》らせていた。

息を荒げながら見おろしてくる顔は、興奮のあまりこめかみの血管を浮きあがらせている。今にも犯されそうで、美佐子は唇をわなわなと震わせた。

「困るから……も、もし……もしできちゃったりしたら」

なんとかして浩之の暴走をとめなければならない。目を覚まさせようと、思いつく限りの言葉を懸命にかけつづけた。

「安心してください。なかには出さないから」

なにを言っても浩之は動じる様子がない。それどころか欲情を剝きだしにして、くびれた腰を撫でまわしてきた。

「あンっ……や、やっぱりダメ……できないわ」

懸命に身を捩り、雰囲気に流されそうな心を奮いたたせる。拒絶の意志を示すために、裸体を横向きにして海老《えび》のように丸まった。

「あれ、急にどうしたんですか？」

浩之は本当にわかっていないのか、なよやかな肩から背筋にかけてを指先でくすぐってくる。快感の微電流に襲われるが、美佐子は頑《がん》として抗った。

「もう……終わりにしましょう」

そのひと言がきっかけになったのかもしれない。浩之はいきなり浴衣の帯とネクタイを拾いあげると、美佐子の手足に巻きつけはじめた。

「え……な、なに？」

オフィスで堂島に縛られた記憶が脳裏をよぎり、腰のあたりに甘い痺れがひろがった。まるでその隙を突くように、浩之は淡々と女体を縛りあげていく。

「ああっ……そ、そんな……」

美佐子は恐怖と羞恥に頬をひきつらせていた。

右手首と右足首を浴衣の帯で、左手首と左足首をネクタイできっちり結びつけられてしまった。横向きで丸まっているので、かろうじて胸や股間は隠れている。恐ろしさが込みあげてくるが、これからされることを想像すると、なぜか全身が熱く火照ってしまう。

「やっ……冗談でしょ？　あぅっ、お願いだからほどいて」

「これで抵抗できないよ。美佐子さんも素直になるしかないね」

浩之がぎらつく目で見おろしてくる。口調こそ穏やかだが、視界の隅に映る男根はカウパー汁をトロトロと垂れ流していた。

（最初から、わたしとするつもりだったのね……）

そういう目で見られていたのかと思うと、急にすべてが無駄に思えてくる。本能のままに行動している浩之を諭《さと》すことなどできるはずがない。諦めにも似た思いが、美佐子の胸を埋めつくしていった。

「今日はバックからしてみたいんだ。いいでしょう？」

浩之は返事を待たずに、美佐子の身体をうつ伏せに転がした。

左右の手首をそれぞれ足首に縛りつけられているため、自然とヒップを高く掲げて、両肩と頬をシーツに押しつける格好になる。

「い、いやよ、こんな格好……ねえ、浩之くん」

苦しい姿勢で背後を振り返って訴えるが、まるで浩之には聞こえていない。真後ろに陣取って尻肉を摑むと、有無を言わさずペニスを突き立ててきた。

「あううッ、やめっ……あああぁッ！」

媚肉を搔きわけながら、熱い肉柱が侵入してくる。美佐子はたまらず背筋を反り返らせて、艶めかしい声をあげていた。

先端が埋めこまれただけで凄まじいまでの悦楽が湧き起こる。グチュグチュと湿った音が響くのも恥ずかしい。じつはディープキスを交わしただけで、女壺をしとどの蜜で濡らしていた。

(わたし、また浩之くんと……)

拒絶しきれず結局関係を持ってしまった。しかも、手足の自由を奪われた挙げ句に、バックから貫かれている。夫とは正常位しか経験がないのに、堂島につづいて浩之にも背後から犯されてしまったのだ。

「美佐子さんのなか、ヌルヌルして気持ちいいっ」

「い、いや……抜いて……あぁッ、いけないの、ダメなのよ……ンあああッ」

「すごくいいよ、チ×ポが吸いこまれるみたいだ……ううッ」

浩之の興奮しきった雄叫《おたけ》びが、ますます美佐子を追いこんでいく。セックスしていることを嫌でも実感させられ、胸の奥が苦しくなってしまう。

（あなた……わたしはもう……）

夫を裏切るのは何度目だろう。罪悪感が薄れているのは、肉体だけではなく心まで快楽に支配された証拠かもしれない。

しかし、落ちこんでいる暇はなかった。男根をねじこまれて膣壁を擦られる快感が、すべての感情を押し流そうとしていた。

「こんなに濡らして、僕のこと待ってたんですね」

「あひぃいッ！ そんな奥まで……ああぁあッ」

根元までずっぽり埋めこまれた瞬間、こらえきれない嬌声が噴きあがった。

足首に縛りつけられた両手を強く握り締め、目尻から歓喜の涙が溢れてシーツを濡らす。これほどの快感は生まれて初めての体験だ。

「あううッ、ふ、深すぎる……はおおおッ」

膣道の最奥まで男根で埋めつくされる。内臓を押しあげられるような感覚がたまらず、むっちりした双臀にぶるるるっと痙攣を走らせた。

今にして思えば、控室でフェラチオしたときから欲情していたのかもしれない。オナニーでは到底満たせない悶々とした疼きを、数時間前から抱えていたのだ。

「こんな格好、恥ずかしい……ああンっ」

小声でつぶやき、遠慮がちに腰を振る。すると浩之は汗の浮いた尻たぶを撫でまわし、ゆっくりと肉棒の出し入れをはじめた。

「ひうッ、や……ほどいて……あひッ」

「美佐子さん、縛られて後ろから犯される気分はどうですか？」

「そんな言い方、いや……お、犯されるなんて……あッ……あッ……」

巨大なカリで膣壁を抉るように擦られる。そのたびに快感が四肢の先まで伝播して、全身の毛穴から汗が滲みだした。

「こんな犬みたいな格好、経験ないでしょう？　美佐子さんは真面目でプライドが高そうだから、優等生のセックスしか知らないんだろうな」

美佐子が嫌がるのをわかっていながら、浩之はいやらしい言葉をかけてくる。まるで子供のように意地悪をして、想いを寄せる相手の反応を楽しんでいるのだ。

「美佐子さん、教えてくださいよ。旦那さんは縛ってくれましたか？」

「いやンっ、やめて、あの人の話は……あふっ、いやよ……あッ、ああッ」

「おっ、締まってきた……くぅっ、締まってきましたよっ」

浩之は興奮にまかせて腰の振り方を激しくする。巨大な肉棒を好き勝手に抜き差しして、潤んだ蜜壺を隅々まで掻きまわす。獣のような格好で背後から犯されているのに、異様な興奮が美佐子の肉体に蔓延《まんえん》していた。

「せ、せめて、手をほどいて……あああッ、こんなこと、あうッ、浩之くん、お願いだから、あううッ、擦れる、ひいッ、ひああッ」

苦しくて恥ずかしいのに声がとめられない。いつしかピストンに合わせて腰を動かし、肉棒をはしたなく締めあげていた。

(朋美、許して……どうしても拒絶できないの……)

美佐子は涙を浮かべながら、背筋を弓なりにカーブさせていく。頭がガクガクと揺れて、半開きの唇からは絶えず喘ぎ声が漏れている。ひと突きごとに快感が大きくなり、思考能力が薄れはじめていた。

「あああッ、やめて、ンあああッ、ダメ……ダメぇっ」

「ずいぶん感じてるみたいだね。本当は僕とセックスしたかったんでしょ？」

「そ、そんな……あああッ、こんなこと……あううッ、もう許してぇっ」

本当はとっくに気づいている。口では抗いながらも受け入れたのは、心のどこかで逞しい男根を求めていたからに他ならない。妹の旦那とわかっていながら、本心では犯されることを願いつづけていた。

「無理しなくてもいいのに。ほら、美佐子さんのなか、肉が溶けちゃってますよ」

浩之はさらに抽送速度をあげると、女の官能を追いこみにかかる。初めてのときは拙かったのに、すっかり男らしい自信に満ちたピストンを身に着けていた。

「あッ……あッ……こんなのって、妹の旦那さんなのに……ンあああッ」

退廃的な気持ちになるほどに、なぜか興奮は昂ぶってくる。淫らがましい水音が響き渡り、尻肉にぶるるるっと痙攣が走り抜けた。

もう浩之が亡夫に似ているかどうかなど関係ない。女盛りの熟れた肉体は、硬くなった男根をただひたすらに欲していた。

「あああッ、す、すごいっ……ああッ、もう、ひああッ、浩之くんっ」

「ううっ、美佐子さん……僕も、もう……」

浩之の声が苦しげになり、カウパー汁の量が異様に増える。決壊の瞬間が近づいているらしく、膣道を占領する男根は破裂寸前まで膨らんでいた。

「い、いけないのに……ひッ、ひッ、もう、い、いいっ、ああッ、もうっ」

どうせ縛られているのだから逃げられない。それならば、この快楽を享受《きょうじゅ》してもいいのではないか。そんな悪魔の囁きが聞こえてきた。

「くっ、出ちゃいそうです……気持ちよすぎてチ×ポが蕩けそうですっ」

「なかはダメっ、ああぁッ、外に……わたしも、ひあぁッ、も、もう、イッちゃいそうっ」

浩之がラストスパートに突入して、美佐子も卑猥に腰を振りたくる。よがり啼きを響かせながら締めあげると、いきなり男根が引き抜かれた。

「美佐子さんっ、おうッ、おうううッ！」

熱い白濁液が双臀に飛び散り、汗にまみれた肌を灼く。その瞬間、美佐子も背筋をのけ反らせながら、一気にオルガスムスへと駆けあがった。

「ひあぁッ、や、灼けちゃう、あひぃッ、いいっ、気持ちいいっ、もう我慢できない、あああぁッ、イクっ、イッちゃううッ！」

頭のなかは空っぽになっていた。亡夫のことも妹のことも、なにもかも忘れて快楽に身をまかせる。本能のままに腰を振り、ただ肉の愉悦だけを貪った。

果てしない空虚感を埋めることができるのは、セックスによって与えられる絶頂感しかない。えも言われぬ快楽が全身を突き抜けるとき、脳細胞が灼きつくされたように思考が停止した。

ようやく手足の拘束をとかれて、仰向けに寝転がる。

高みから降りてくるにつれ、すべての記憶が鮮明によみがえってきた。

そして麻薬のような一時の快楽と引き替えに、重く暗い罪悪感をまたひとつ胸の奥に刻みこむのだった。

第四章　発情する女肌

1

妹の結婚式から一週間後の日曜日、生まれ故郷の静岡で行われた高校の同窓会に、美佐子は久しぶりに出席した。

独身の頃は顔を出していたが、夫を亡くしてからは初めてだった。同情や憐れみの目で見られるのが嫌で、避けてきたのだ。

それなのに今回参加することにしたのは、なにかが変わるかもしれないと思ったからだ。古い友人たちと再会することで、気分転換できるのではないかと淡い期待を抱いていた。

浩之のことを忘れたい。二度と過ちを犯したくない。その一心だった。

妹の新婚初夜に浩之と身体を重ねてしまったことは、美佐子の心を極限まで追いつめていた。罪悪感に押し潰されそうになり、この一週間まったく仕事が手につかなかった。とにかく、心の逃げ場所を求めていたのだ。

同窓会には懐かしい顔が大勢集まった。昼間からレストランを予約し、総勢三十名ほどで飲み食いした。

しかし、美佐子の心は晴れなかった。以前は楽しく感じていたのが嘘のようだ。ひどく退屈で、時間の流れが遅く感じられた。

男子は仕事の愚痴《ぐち》と妻への不満。少し明るい話題になったかと思えば、ささやかな出世の自慢話だ。女子は大半が主婦に収まっている。夫の愚痴を漏らしながらも幸せそうな彼女たちを見ているのがつらかった。

最初こそ久しぶりの出席で質問攻めにあっていた美佐子だが、すぐに話題についていけなくなって孤立した。

途中で退席するのも悪いと思い、デカンタに入った飲み放題のテーブルワインをひとりで何杯も飲んでしまった。

席を移動する者が増えて、美佐子の周囲も頻繁に人が入れ替わる。しかし、ほとんど会話はつづかなかった。腕時計に視線を落とし、三度目の溜め息をついたとき、隣に座った男が声をかけてきた。

「美佐子ちゃん、つまらなそうだね」

サッカー部のキャプテンだった氷室謙吾《ひむろけんご》だ。

オーダーメイドのグレーのスーツを華麗に着こなしている。整った顔立ちをしており、当時は女子から大人気だった。美佐子も彼のことが気になっていたが、ほとんど言葉を交わす機会もなく卒業式を迎えた。

「俺も退屈だよ。みんな社会の歯車になっちまったんだな」

氷室は斜に構えてつぶやくと、グラスに残っているウイスキーをひと息に呷った。

「ふうん……氷室くんは、社会の歯車じゃないんだ？」

あまり興味はなかったが、暇つぶしくらいにはなるかもしれない。そんなふうに思いながら言葉を返した。

「俺の近況報告、聞いてなかったの？　こう見えても会社を経営してるんだぜ」

そういえば、先ほど自慢げに語っていた気がする。確か不動産会社経営ということだが、実際は親から引き継いだだけの世間知らずだ。

高校時代はサッカー部のエースでも、社会には馴染めていないらしい。外見ばかり着飾って、中身はあまり成長していないようだ。本人は独身貴族を気取っているが、ただの遊び人にしか見えなかった。

「美佐子ちゃんさえよければ、この後もっと楽しいところに行かない？」

さっそく声をかけてくる。あまりにも軽くて怒りすら湧いてこない。今までの美佐子なら絶対相手にしないタイプだった。

だが、遊び慣れた雰囲気を漂わせるこの男なら、気分転換させてくれるかもしれない。東京を離れているせいか、今夜は大胆になれそうな気がした。

「……いいわよ」

「お、ノリがいいね。じゃ、どこに行こうか？」

「楽しい思いをさせてくれるなら、どこへでも……」

ワインを飲み過ぎたのかもしれない。なかば捨《す》て鉢《ばち》な気持ちで答えていた。とにかく、なにもかも忘れたかった。

同窓会がお開きになると、氷室は狙った獲物は逃がさないとばかりに美佐子をタクシーに引きこんだ。

「みんな年取ってたね。魅力的になったのは美佐子ちゃんだけだよ」

氷室がご機嫌を取るように話しかけてくる。だが、美佐子はぼんやりと窓外の景色を眺めていた。茜《あかね》色に染まった空が、どこか悲しげに映った。

妹の結婚式から毎日自分を責めつづけている。その反面、肉体は背徳感にまみれたアクメを求めて、夜泣きするほど疼いていた。涙を流しながら手淫に耽《ふけ》ることで虚しさが募り、欲情はさらに深まっていくばかりだった。

「美佐子ちゃん、行こうか」

タクシーを降りるとなれなれしく腰に手をまわされた。

気障《きざ》なだけの男は完全に趣味から外れている。それでもアルコールが入って火照《ほて》る身体は甘い反応を示していた。男の指が食いこむことで、意志とは裏腹に腰が艶めかしくくねってしまうのだ。

「もしかして、期待しちゃってる？」

氷室が耳もとで囁きかけてくる。

答える気もしなくてそっぽを向くと、それを肯定と捉えたらしい。腰を抱いてどんどん歩きはじめる。夕闇が迫るラブホテル街に入りこむと、いかがわしいネオンが嫌でも気分を高揚させていく。

「まさか美佐子ちゃんと遊ぶことになると思わなかったよ。高校生のときから美人だったけど、さらに綺麗になったね。いい恋でもしてるのかな？」

美佐子は曖昧な笑みを浮かべるだけで答えなかった。

相手なんて誰でもいい。後腐れなく欲望を鎮めることができるのなら、多少性格に難があっても目を瞑《つぶ》るつもりだ。本気でそう思っていた。

そして氷室に導かれるまま、ついにラブホテルの一室に足を踏み入れてしまった。

「あ……」

美佐子は初めて小さな声を漏らした。妖しい赤い光で照らされた室内を見まわしたとき、緊張とともにほんの少し後悔の念が湧きあがった。

ラブホテルに入るのは初めての経験だ。セックスをするための空間だと思うと、すべてが生々しく見えてくる。やはり一番目を惹くのは大きなベッドだった。

思わず立ち竦むと、腰を押されてベッドの前に連れていかれる。赤い光のなかに入ることで、もう逃げられない錯覚に陥《おちい》った。

「あの……言い忘れてたけど、今夜中に東京に帰らないといけないの」

「終電に間に合うように駅まで送るよ。じゃ、はじめようか」

氷室は慣れているらしく、さっそく美佐子を抱き締めて唇を奪う。いきなり舌を入れられて、ウイスキー臭い息を吹きこまれた。

「あむうっ……ま、待って」

慌てて唇を振りほどき、男の胸板を押し返す。しかし、氷室は腰から手を離そうとしなかった。

「おい、ここまで来て、今さら帰るなんて言うなよ」

「そうじゃなくて……シャワーを使わせて」

怖《お》じ気づいたわけではない。このいかがわしい部屋に入ったことで、肉の疼きはさらに強くなっているのだ。ただ、汗ばんだ身体を清めてからにしたかった。

「ふっ……子供じゃないんだ。このまま楽しもうぜ。時間がないんだろう？」

「で、でも……恥ずかしいわ」

「照れてるのかい？　美佐子ちゃん、可愛いよ」

氷室は戸惑う美佐子を、濃厚なディープキスで骨抜きにしていく。舌を絡め合わせて唾液を啜りながら、少しずつ服を脱がされていった。

「はンっ、氷室くんて悪い人ね……はあンっ」

気づいたときには、白いシルクのブラジャーとパンティだけになっていた。再び唇を塞がれて、そっとベッドに押し倒される。氷室は口内を味わいながら、器用に服を脱ぎ捨てていった。

「やだ、もうそんなに……」

視界の隅に屹立した男根が映り、思わず眉根を寄せてつぶやいた。

高校時代の同級生とはいえ、今は赤の他人も同然だ。それなのにこうして性器をいきり勃《た》たせていることに、獣じみた嫌悪感を覚えてしまう。しかし、そんな気持ちとは裏腹に、妖しい期待感も膨らみはじめていた。

「楽しみたいんだろう？　俺にまかせなよ」

氷室は自信たっぷりに囁くと、美佐子のくびれた腰を撫でまわす。卑猥な目で下着姿を眺めながら、舌なめずりを繰り返すのだ。

「美佐子ちゃんの下着姿、すごくセクシーだよ。同窓会に来てた連中が見たら、きっと驚くだろうなぁ」

「いや……変なこと言わないで……」

口では抗うが、心の奥底に秘められている被虐感が疼きはじめていた。

下着姿に剝かれて視姦《しかん》された挙げ句、この軽薄な男に嬲《なぶ》られる。そのシーンを想像しただけで、恥裂から華蜜がトロトロと溢れだしした。

「いやらしい顔になってるよ。オマ×コしたくてたまらないんだろう？」

氷室は唇の端をいやらしく吊りあげると、パンティに覆われた恥丘に指先を押しつけてくる。そして縦溝をなぞるように、ゆっくりと船底に滑らせていく。

「あンっ……だ、ダメ……はンンっ」

布地越しに膣口を圧迫されて、思わず小さな声が漏れてしまう。クチュッという湿った音が響き、羞恥のあまりに顔がカッと熱くなった。

「すごく濡れてるよ。ほら、いやらしい音が聞こえるだろう」

氷室は船底を散々押し揉んでから、ようやくパンティを引きおろした。

「ああっ……恥ずかしい……」

蒸れた股間に外気が流れこみ、ついに下半身が無防備になったことを自覚する。思わず内腿を擦り合わせるが、そんなことをしても男を悦ばせるだけだった。

「恥じらいを忘れない未亡人か。たまらないな」

「ま、まだ心の準備が……待って」

しかし、氷室はいきなり覆い被さってくると、強引に膝を割ってくる。蕩《とろ》けきった女の源泉に亀頭が押し当てられて、腰がビクッと跳ねあがった。

「あンっ、まだ挿《い》れないで……」

期待と後悔の念が螺旋《らせん》状に絡まり、頭のなかが混乱していた。

懸命に懇願するが、氷室はまったく聞く耳を持たない。それどころか、美佐子の反応を楽しむように、ゆっくり腰を押し進めてくるのだ。

「あううっ、い、いや、やっぱり……ひあああッ！」

陰唇が押し開かれて、ついに亀頭がずっぷりと沈みこむ。途端に鮮烈な感覚がひろがり、四肢が小刻みに痙攣した。

「ああッ、しないで……あああッ……ひううッ」

「犯されたかったんだろう？　じっくり可愛がってあげるよ」

氷室はさらに男根を押しこんでくる。そして砲身全体を膣内に収めると、さっそくピストン運動を開始した。

「ひああッ、すごっ、ひいッ、ゴリゴリって擦れて、あひいいッ」

たまらず裏返った嬌声が迸る。カリが鋭角的に張りだしており、ざわめく膣襞が猛烈に抉られた。途端に稲妻のような快感が、股間から脳天まで突き抜けていく。

「ひッ……ひいッ……激し、あああッ」

肉が蕩けるような愉悦がひろがり、腰が艶めかしく揺らめきだす。陰唇は卑猥に蠢いて、肉柱の根元に絡みついた。

「くおっ、美佐子ちゃんのオマ×コ、すごく気持ちいいよ」

氷室は濡れそぼった媚肉を摩擦しながらシルクのブラジャーを押しあげて、たわわに実った双乳を剝きだしにする。そして両手で握り締めながら、腰の動きをさらに速めるのだ。

「ああンっ、いやっ、恥ずかし……あッ、ああッ、氷室くんっ」

乳房を揉みくちゃにされた挙げ句、乳首に吸いつかれる。舌で転がされると瞬く間に尖り勃ち、前歯で甘噛みされて快感のパルスが突き抜けた。

「も、もう……ひああッ、もうダメぇっ」

「美佐子ちゃん、欲求不満なんだろう？」

乳首から口を離した氷室が、薄笑いを浮かべながら尋ねてくる。

「ち、違うわ……あッ……あッ……」

「物欲しそうな顔してたよ。まるで発情した牝猫みたいだった。だから俺も声をかけたんだぜ。すぐにやらせてくれると思ったよ」

氷室は腰を使いながら、乳房をねっとりと揉みしだく。いやらしい手つきでマシュマロのような丘陵を捏ねまわし、不意を突くように乳首を摘みあげてくるのだ。

「ああンっ、嘘よ、牝猫だなんて、わたし、そんな女じゃ……あううッ」

指先で潰された乳首から、波紋のように快感電流がひろがった。

性欲が溜まっていたのは事実だ。浩之とのセックスで強烈なオルガスムスを覚えてからというもの、身体が疼いて仕方がない。しかし、いきなり欲求不満だと指摘されて、素直に頷けるはずがなかった。

「ただ寂しかっただけ……あッ、ああッ、発情だなんて……」

そんな美佐子の気持ちを無視して、氷室は自分勝手なピストンをつづけている。欲望のままに腰を振りたくり、剛根で激しく媚肉を抉りまくるのだ。

「気持ちいいだろ？　俺のチ×ポ、最高に気持ちいいだろ？」

「ンああッ、どうして？　こんなの……ああッ、い、いいっ、すごく」

美佐子は悔しげに眉根を寄せながら、たまらず腰をくねらせた。

愛情の欠片《かけら》もない乱暴すぎるピストンが、やさぐれた気分の美佐子にはお似合いなのかもしれない。ひと突きごとに痺れるような愉悦がひろがり、頭のなかが真っ白になっていく。

「おおっ、締まる締まるっ、美佐子ちゃん、なかに出してもいいんだろ？」

「だ、ダメっ、なかは、ひいッ、あひッ、なかはいやぁっ！」

猛烈な勢いで剛根を叩きこまれて、愛蜜がとめどなく溢れだす。ドロドロに蕩けた蜜壺は、意志と関係なく肉柱に絡みついていた。強烈に締めあげながら、内側に引きこむように蠕動《ぜんどう》するのだ。

「あひいいッ、いやっ、我慢できない、ひいッ、ああッ、感じる、イキそう、うああッ、イッちゃうっ、イクっ、イクううッ！」

美佐子は全身を反り返らせて、暴力的なオルガスムスに悶え狂った。あられもないよがり啼《な》きを放ちながら、膣襞は執拗に剛根を締めつづけていた。

「くううっ、出すぞ、なかがダメなら、美佐子ちゃんの……ぬおおおッ！」

氷室はペニスを引き抜くと、素早く美佐子の顔にまたがった。そして獣のような咆《ほう》哮《こう》とともに射精を開始した。

「ひいいッ、やめてっ、ひいいいッ！」

「綺麗な顔を俺のザーメンでパックしてやる。顔面シャワーだぁっ！」

下品な雄叫びとともに、沸騰した粘液が顔中に降り注ぐ。頬や小鼻、唇にもザーメンがベチャベチャッと付着した。

「ううっ、ひどい……こんなことするなんて」

思わずにらみつけるが、氷室はさも楽しそうに笑っている。いつもこうやって自分勝手に欲望を吐きだしているのだろう。

「美佐子ちゃんさえよかったら、また遊んであげるよ」

氷室が満足そうにつぶやくのを聞いて、美佐子の心に隙間風が吹きこんだ。

（違うわ……わたしが求めていたのは……）

絶頂を極めることはできたが、心は満たされないままだった。美佐子は胸のうちにひろがる寂寥感に耐えきれず、目尻から熱い涙を溢れさせた。

2

「なにかあったのかい？」

堂島の問いかけに答えることなく、美佐子はショットグラスのバーボンを一気に呷った。

視界の隅で、堂島が困ったように苦笑いする。たとえ呆れられても、飲まずにはいられない心境だった。

火曜日の晩、美佐子は堂島とホテルのバーで飲んでいた。

残業後に誘われて、なんとなく足が向いてしまった。べつに堂島と飲みたかったわけではない。誰でもいいからいっしょにいてほしいというのが本心だった。

昨日今日と小さなミスを連発していた。

原因はわかりきっている。先日の同窓会で軽薄な男と寝てから、すっかり調子が狂っていた。考えれば考えるほど、馬鹿なことをしたと自己嫌悪に陥ってしまう。

もとを辿れば、妹の結婚式がすべての発端だ。

　亡夫への断ちがたい未練を、浩之に向けることで誤魔化している。不毛なことだと気づいているが、気持ちを抑えることはできなかった。

　浩之が朋美と二人きりで過ごしていると思うと、猛烈な嫉妬心が湧きあがる。新婚旅行中、何度もセックスしたことだろう。帰国してからも毎晩肉欲を剝きだしにして、お互いを求め合っているに違いない。

　考えただけでも胸が掻きむしられるようだ。とにかく浩之に会いたかった。

「最近のキミ、ちょっと変だね」

　堂島の声を無視して、空になったショットグラスを軽く掲げる。

「おかわり……ちょうだい」

　バーテンが小さく頷き、バーボンのボトルを手に取った。

　したたかに酔いたい。酔ってなにもかも忘れてしまいたい。上司と寝てしまったこと。妹の夫と関係を持ってしまったこと。一夜限りのセックスをしたこと。愛する夫を裏切ってしまったこと。すべてが悪夢だと思いたかった。

　カウンターを滑らすようにして、バーテンがショットグラスを差しだした。

　できることなら、このまま消えて無くなってしまいたい。そんな思いでグラスに伸ばしかけた手を、堂島にそっと握り締められた。

「悩みでもあるんじゃないのか？」

重すぎることはなく、かといって軽薄な感じでもない。投げやりな美佐子の心境にマッチした物静かな声が、じんわりと胸に染みこんでくる。

だが、独り身になってからというもの、誰にも頼らずに生きてきた。人への甘え方を、すっかり忘れてしまった。

手の甲に重ねられた堂島の手のひらが熱い。思わず引こうとするが、さらに強い力で握られた。

「あ……困ります……」

小声でつぶやいても、堂島は手を離そうとしない。沈黙が流れる。店内を飴色に照らす間接照明に心が揺れた。

「離して……ください……」

呂律《ろれつ》が怪しくなっているのが自分でもわかった。やさしくされると醜態《しゅうたい》を晒してしまいそうだ。しかし、男の手を無理に振り払うことはしなかった。

「たまには肩から力を抜いてもいいんじゃないか」

「……え？」

「麻倉くんの仕事ぶりは誰もが評価している。もちろん僕も。でも、プライベートまで完璧でいる必要はないだろ？　キミは頑張りすぎだ」

思わず瞳を向けると、堂島もまっすぐに見つめていた。視線と視線が絡み合い、無意識のうちに息を詰める。

「機械じゃないんだ。ほら、手だってこんなに温かいじゃないか」

堂島は握っていた手をさっと離し、バーボンで喉を潤した。そして、さりげなく右手をあげて、バーテンにおかわりを注文する。

（やだ……わたし……）

美佐子は先ほどまで握られていた手の甲に、もう一方の手を重ねてうつむいた。

堂島の温もりが消えたことで、急に寂しさに襲われる。ただ手を握られていただけなのに、心まで温かくなっていた。

「堂島さんは……強いんですね」

視界の隅で堂島が軽く首をかしげる。美佐子はうつむいたまま、ひとり言のように話しつづけた。

「力を抜くことなんてできません。プライベートでも。だって、どんどん崩れていってしまいそうで……」

女がひとりで生きていくのは生易《なまやさ》しいことではない。男以上に仕事をして大きな結果を残さなければ、正当に評価されないのだ。

だが、そうやって気を張ってきた反動で、心が不安定になっていた。妹の旦那との不適切な関係も、心のバランスを崩した結果だろう。

結婚式当日のことを思いだすだけで眩暈がする。ちょっとした気の緩みで、とんでもないことに発展してしまった。抜け出せない蟻地獄に嵌《は》まってしまったような焦りが、美佐子を精神的に追いつめていた。

「僕の前でだけ気を抜く、っていうのはどうかな?」

堂島はカウンターの奥に並んだグラスを見つめて、バーボンを舐めている。どこまでが本心で、なにを考えているのか掴みどころがない。美佐子は返答に窮《きゅう》して、むっつりと黙りこんでいた。

「もうこんな時間か……」

脈がないと思ったのかもしれない。堂島は腕時計に視線を落としてつぶやき、スツールから腰を浮かそうとする。その瞬間、美佐子はスーツの腕を掴んでいた。

「……ん?」

堂島がやさしい視線を向けてくる。頬が熱くなるのを感じて、まともに見ることができなかった。

　このままマンションに帰ると、またひとりになってしまう。泣きたくなるような孤独のなかでベッドに潜りこみ、睡魔の訪れを待ちつづける。睡眠だけが唯一の逃げ場所だ。でも、今夜は悪い夢を見そうな気がした。

「どうしたんだい？」

　浩之とのことを相談できるはずがない。とにかく、ほんの少しだけでも寂しさや罪悪感を癒やしたかった。

「なにも……ただ、いっしょにいてほしいんです」

　言い終わると同時に、耳まで真っ赤に染めあげた。

　そんな大胆なことを口走ってしまったのは、きっと口当たりのいいバーボンのせいに違いない。

「キミから誘ってくるのは初めてだね」

　堂島は少し驚いた様子だったが、口もとには柔らかい笑みを浮かべていた。

3

　ホテルのバーというのは、きっと男にとっては都合のいい場所に違いない。

その気になった女を、すぐ部屋に連れこむことができる。タクシーのなかで気が変わって逃げられることもない。腰にそっと手をまわし、エレベーターに乗って廊下を歩くだけで、甘い前戯になってしまうのだから……。

いつかのように、部屋の窓から夜景を楽しむ余裕はなかった。窓際に歩み寄る前に、部屋の中央で背後から抱き締められた。

「あ……待ってください……」

この期に及んで躊躇してしまう。しかし、後ろからジャケットを脱がされて、正面を向かされた。

「今さら焦らさないでくれよ」

堂島もスーツの上着を脱いで椅子にかける。そして、有無を言わさず強い力で引き寄せられた。

「あンっ……」

ワイシャツの胸もとに頬を押しつける格好になり、男の体臭が鼻腔に流れこんでくる。それだけでうっとりした気分になって、全身から力が抜けていった。

逞しい体に手をまわしたい衝動に駆られながらも、ふと冷静になって考える。こんなことをして本当にいいのだろうか。寂しさを誤魔化すために抱かれるのは、間違っているのではないか。

(やっぱり、こういうことは本当に好きな人と……)

そこで自分の考えの矛盾に突き当たってしまう。

浩之を愛しているのかと自問自答してみる。どう考えても、答えはイエスではなかった。亡夫の姿をダブらせているだけで、彼を愛しているわけではない。もちろん好意は持っているが愛とは違っていた。

(でも……抱かれたい……)

少し飲み過ぎたのかもしれない。それとも男の汗の匂いを嗅いだことで、理性が麻痺しているのだろうか。とにかく頭を冷やす必要があった。

「堂島さん、シャワーを浴びさせて……」

手のひらを胸板にそっと押し当てる。ゆっくり見あげると、息のかかりそうな距離に堂島の顔があった。

「二人とも酔ってるんだ。このままでいい」

「ンっ……うンンっ」

いきなり唇を奪われた。嫌な感じはしない。むしろ、誰かに求められていることが嬉しく思えた。とてもではないが拒めなかった。

舌先で唇をなぞられて、無意識のうちに半開きにする。すかさず舌がヌルリと入りこみ、口腔粘膜をねっとりと舐めまわされた。瞬く間に気持ちが溶かされる。美佐子も舌を伸ばし、いつしか積極的に絡め合っていく。

「はむっ、堂島さん……ンふううっ」

ディープキスを交わしながら、相手の口内に艶めかしい吐息を吹きこんだ。堂島も応えるように、唾液《よじ》をトロトロと流しこんでくる。美佐子は躊躇することなく嚥下して、たまらず腰を捩らせていた。

「麻倉くん、キミは不思議な女性だよ。僕をこんなにも夢中にさせるなんて」

堂島は熱い眼差《まなざ》しを向けてくると、美佐子の小さな顎を指先で摘んだ。

「か、からかわないでください……」

見られているのが恥ずかしくて睫毛を伏せる。すると、堂島が再び情熱的なディープキスをしかけてきた。

「はンっ、ダメ……うンンっ」

拒絶の声は、瞬く間に艶っぽい鼻声に変わっていく。

美佐子も男の口内を舐めまわし、お互いの唾液をたっぷりと交換した。舌と舌を絡めるうちに、ひとつに溶け合ったような一体感に包まれる。異様な興奮が湧き起こり、気づくと内腿をもじもじと擦り合わせていた。

「うはっ……も、もう……立ってられない」

ようやく唇が解放されると、足もとがふらついて男の胸に倒れこむ。しっかり抱き締められたときには、頭の芯がジーンと痺れたようになっていた。

（ああ、また……わたし……）

理性が蕩けて思考能力が低下している。キスだけで完全に抵抗力を奪われて、早くも性感が疼きはじめていた。

「今夜の麻倉くんは、ずいぶん積極的なんだね」

耳もとで囁かれても否定できない。一刻も早く寂しさを癒やしてほしい。そんな思いが胸を熱くしていた。

シャツに包まれた両肩を、手のひらで押しさげられる。美佐子はくずおれるようにして、絨毯の上にひざまずいた。

「ああン……」

スラックスの股間がすぐ目の前にある。身体を支えようとして、男の太腿に両手を添える格好になっていた。

おそらくディープキスで興奮したのだろう、堂島の股間はこんもりと大きくテントを張っている。男らしさの象徴が、目と鼻の先で熱く脈打っていた。

「口でしてもらえるかな」

感情の起伏を抑えた静かな口調だった。しかし、仕事中とは異なる感情の昂ぶりが、肩を押さえる指先から伝わっていた。

「この間は冷たくあしらわれてるんだ。二度も断られたら格好がつかないよ」

先手を取るように言われて拒絶できなくなる。胸のうちで膨らむ欲望を自覚しているだけに、堂島の要求を無下にできなかった。

「でも……あまり得意じゃないから……」

「上手いか下手かなんて関係ない。キミにしてもらいたいんだ」

今夜の堂島は引きさがろうとしない。どこか強引なところがあった。

女のほうから誘ってきたという思いがあるのだろうか。そうだとしたら、美佐子は最初から駆け引きに負けていることになる。

それでも、今夜はひとりになりたくなかった。太腿に添えていた両手を、ゆっくりと股間に向かって滑らせる。布地の上から包みこむようにして触れると、そこは鉄のように硬直していた。

（すごく硬い……それに熱い……）

羞恥で頬が赤くなるが、生娘《きむすめ》のように狼狽《うろた》えるのはみっともない。慣れている女を装い、そのままスラックスの股間をゆっくりと撫でまわした。

「その調子で頼むよ。やっぱり今夜は違うみたいだね」

堂島の声が頭上から聞こえてくる。

からかわれているような気がするが、反発することはない。布地越しに伝わってくる熱気が、美佐子の顔を羞恥と興奮に火照らせていた。

浩之と初めてのフェラチオを経験している。三十路《みそじ》を越えたくせに初心な女だと馬鹿にされることはないだろう。意を決して震える指先でファスナーをさげていく。濃紺のボクサーブリーフが覗いて、微かに蒸れた空気が流れだした。

「はぁ……」

思わずうっとりと溜め息をつく。異様な興奮が湧きあがってくるのを感じて、暴走しそうになる欲望を懸命に抑えこむ。女の悦びを知ったことで、心に大きな変化が生じているのは確かだった。

命じられてもいないのに、下着の前開きから指を侵入させる。硬い肉の塊を恐るおそる摘むと、苦労しながら引きずりだした。

「ああ……大きい……」

堂島のペニスを目の前で見るのは初めてだ。それは義弟となった浩之の男根よりも、遥かに大きくて逞しかった。今まで気にしたことはなかったが、サイズにはかなりの個人差があるようだ。

先端の亀頭部分は破裂しそうなほど膨張しており、胴体部分には太い血管が浮かびあがっていた。蒸れた香りが鼻腔に流れこんで刺激する。それは今日一日頑張って仕事をした男の匂いだった。

(すごく濃いわ……浩之くんと全然違う……)

無意識のうちに較べてしまう。しかも、亡夫ではなく義弟のペニスと較べているという事実が、美佐子の罪悪感をなおさら煽《あお》りたてていた。

「麻倉女史は大きいほうがお好みのようだね」

淫乱な女だと指摘されたような気がして、顔がカッと熱くなる。羞恥を誤魔化すように肉胴を握り締めると、上下にゆるゆると扱《しご》きはじめた。

岩のようにごつい肉の感触は、女の身体にはない男性器特有のものだ。こうして触れているだけで、気持ちが昂ぶり鼻息が荒くなる。自然と手コキに熱が入り、堂島の反応を見ながらカリのくびれを念入りに擦りあげた。

先端の鈴割れから透明な汁が溢れだす。性欲を煽るような生臭さがひろがり、手首を返しながら思わず生唾を呑みこんだ。

「うっ……そろそろ咥えてもらおうかな」

興奮しきった声が降り注いできた。

心のどこかで命じられるのを待っていたのかもしれない。美佐子は娼婦になったような気分で、肉竿《にくざお》の根元に両手を添える。そしてカウパー汁の雫《しずく》を盛りあがらせた尿道口に、半開きの唇をゆっくりと近づけた。

「ウンンっ……」

先端に口づけすると、そのまま巨大な肉の身を咥えこむ。つるりとした表面に唇を滑らせて、一気に亀頭を呑みこんだ。

「おふううっ……ンっ……ンむうぅっ」

獣臭が口内にひろがり、思考がぐんにゃりと歪んでくる。妖しい眩暈に襲われ、うっとりと睫毛を伏せていった。

「麻倉くんが本当に口でしてくれるとは……ううっ、気持ちいいよ」

堂島が快感の呻きを漏らすのを聞きながら、甘美な陶酔のなかで肉胴をぴっちりと締めあげる。熱くて硬い肉を唇で感じると、身震いするほどの興奮が突き抜けた。

（ああ、わたし……また、してるのね……）

披露宴会場の控室で、浩之に強要されたフェラチオを思いだす。ネバつく精液を大量に飲まされたおぞましい体験だった。

しかし、同時に異常なほどの興奮に襲われたのも事実だ。欲望を抑えきれず、ついにはトイレでオナニーに耽ってしまった。今も堂島の男根をしゃぶりながら、股間の奥に妖しい疼きを感じているのだ。

(浩之くんのより、ずっと大きい……)

顎が外れそうなほど口を開かないと咥えきれなかった。

逞しい男根は、己の存在を誇示するように張りつめている。浩之の若さ溢れる肉茎とは異なり、苦み走った男の人生が滲み出ているような気がした。ペニスも人によって味わいが異なることを、美佐子はこのとき初めて知った。

「ウンッ……ンンッ……はうンっ」

両手を男の腰に添えて、首をゆっくり振りはじめる。唾液とカウパー汁を潤滑剤に、密着させた唇をヌルヌルとスライドさせていく。すると瞬く間に先走り液の量が増えて、強烈なザーメン臭が口内に充満した。

「あ、麻倉くん……くぅっ、蕩けそうだ……おぅぅっ」

堂島がたまらなそうな声を漏らし、腰を小刻みに震わせる。快感の波が押し寄せて、射精感をこらえているのが手に取るようにわかった。

自分の行為が男の人を感じさせている。喘ぐほど悦ばせているのかと思うと、なおさらフェラチオに熱が入った。

(こんなことって……ああ、興奮しちゃう)

牡臭に酔いながら、膝立ち状態の下肢をもじつかせる。スカートのなかで内腿を擦り合わせると、股間の奥でクチュッと湿った音が響き渡った。

仁王立ちした上司の前にひざまずき、夫の篤史にもしたことのない口唇奉仕を施している。浩之のときのように無理やりやらされているのではない。自らの意志で男根をねぶりまわしているのだ。

男勝りに仕事をこなしてきた美佐子は、自分自身の行動が意外でならない。男に仕えるような卑猥な行為で欲情するとは信じられなかった。

口内の亀頭に舌腹を押し当てて、唾液をまぶすように舐めあげる。尿道口から溢れるカウパー汁を掬《すく》いあげ、唾液とミックスして塗りたくっていく。もちろん、その間も首は前後に揺らしていた。

「ンふっ……あむっ……むふふンっ」

「お……おお……麻倉くんがここまでするとは……」

堂島のつぶやきに本心が見え隠れしている。前回のやりとりで、美佐子に口唇奉仕の経験がないことを見抜いていたのではないか。だからこそ、意外そうな反応をしているのだろう。

（あの人には口でしたことなんてなかったのに……）

夫のことを思うと、またしても罪悪感がこみあげてしまう。

愛する人には一度もしなかった卑猥な愛撫を、愛していない男に施している。しかも自らペニスをしゃぶり、股間をいやらしく疼かせているのだ。

心のなかで夫に謝罪するたび、暗い背徳感がこみあげる。同時に女陰に張りついているパンティの船底を、滲み出る愛蜜でぐっしょりと濡らしていた。

「ンっ……あンっ……はふンっ」

悩ましい鼻声を漏らしながら、一心不乱に首を振る。紅《あか》い口唇から出入りする男根は、唾液にまみれて卑猥にヌメ光っていた。

このまま精を搾りだして、こってりした白濁液を味わいたい。そんなことを考えながら、さらに唇を締めつけていく。

「うくっ……ま、待ってくれ」

首振りのスピードを加速させようとしたとき、頭をがっしりと摑まれて動きをとめられた。

「あんまり気持ちよすぎて暴発するところだったよ」

堂島が苦笑を漏らしながら見おろしてくる。美佐子はペニスを咥えこんだまま、瞳をとろんと潤ませていた。

「つづきはベッドの上でしようか」

腋《わき》に手を入れられて、力の抜けた身体を引き起こされる。自然と男根を吐きだすことになり、唇からヌルリと抜け落ちた。

「むはぁっ……」

濡れた唇と亀頭の間に透明な糸が引き、音もなくぷつりと切れる。美佐子はなかば呆然《ぼうぜん》としながら裸に剝かれていく。シャツを脱がされてスカートを奪われる。ストッキングをおろされるときには、解放感のあまりに溜め息が漏れた。

「はああン……や……恥ずかしい……」

ブラジャーとパンティまで奪われると、さすがに平静ではいられない。たとえペニスを舐めしゃぶろうとも、裸を見られるのは別の羞恥があった。

両手で胸と股間を隠して目もとを染める。肩を竦めて身悶えていると、服を脱いで全裸になった堂島が腰を抱いてきた。

「今度は僕も愛してあげたいんだ」

ベッドへと誘われて、仰向けになった堂島の上に乗せあげられる。彼の顔をまたいで逆向きに重なる格好だ。眼前には屹立した男根を突きつけられていた。

「え？　やっ……ちょっと、堂島さん」

さすがに動揺を隠すことができない。唾液でコーティングされた男根がすぐそこに迫っているだけではなく、自分の股間も覗かれているのだ。激烈な羞恥と抑えきれない興奮が湧きあがり、恥裂から新たな蜜が溢れてしまう。

「シックスナインは初めてかい？」

緊張感が伝わったのか、堂島がヒップを撫でながらやさしく問いかけてくる。美佐子はペニスを凝視したまま頬をひきつらせていた。

「い、いやです……こんな、いやらしい格好……」

強がっている余裕はなかった。女の中心部に視線を感じ、美佐子はたまらず腰を捩らせる。しかし、堂島は双臀を抱えこみ、涼しい口調で語りかけてきた。

「意外だな。みんなしていることだよ」

「まさか……こんなことを？」

ついこの間までフェラチオの経験もなかったのだ。こんな破廉恥な行為をするなど、考えたことすらなかった。

「でも、麻倉くんも興奮しているみたいだね。すごく濡れてるじゃないか」

指摘されて羞恥に襲われる。恥裂に息がかかるのを感じて脚を閉じるが、男の頭を内腿で挟んだだけで股間を隠すことはできなかった。

「ふふっ、催促かい？　すぐに気持ちよくしてあげるよ」

「あひぃッ……」

堂島の声が聞こえた直後、恥裂にヌルリとした感触が走り抜けた。舌で舐めあげられたのだとわかり、慌てて腰をあげようとする。しかし、尻たぶに十本の指をがっしりと食いこまされてしまう。さらに肉芽を舌先でくすぐられ、反射的に顎が跳ねあがった。

「あうぅッ、シャワーも浴びてないのに……あっ、やンンっ」

たまらず背筋が反り返り、悩ましい声が溢れだす。

女にとって、これほどの恥辱はない。一日仕事をして蒸れた股間を舐められているのだ。それをわかっていながら、堂島はわざと辱《はずかし》めるように、淫裂に鼻を押し当てて匂いを嗅いでくる。

「ううん、すごくいい匂いだ。麻倉くんの香りがするよ」

「いやぁ……嗅がないで……はうンンっ」

前回もシャワーを浴びさせてもらえず、セックスに持ちこまれた。もしかしたら、堂島は女性の体臭が強ければ強いほど興奮するのかもしれない。

もちろんクンニリングスも続行されている。器用に蠢く舌先で、切なくなるような刺激を送りこまれていた。

「あっ……あっ……堂島さんっ」

「遠慮することはない。思いきり喘いでごらん。お豆が気持ちいいんだろう？」

「やっ、そこはいやです……敏感だから……あああッ」

美佐子の抗う声を掻き消すように、ぶ厚い舌が充血したクリトリスを舐めまわす。愛蜜の弾ける音が響き渡り、卑猥な気持ちに拍車がかかる。

意志とは関係なく腰が揺らめいた。舌が蠢くたびに痺れるような快感が湧き起こり、一瞬にして四肢の先まで伝播する。さらには膣口にぴったりと唇を密着させて、ジュルジュルと吸引されるのだ。

「ひッ……あッ……だ、ダメっ、そんなところ吸っちゃ……ひああッ」

魂まで吸いだされそうなクンニリングスに、美佐子の性感は瞬く間に蕩かされていく。まるでお漏らしをしたように華蜜が溢れだし、全身が燃えあがったように熱くなっていた。

「麻倉くんのジュースはじつに美味《うま》い。キミも感じるだろう？」

堂島は嬉々《きき》として舐めまわし、とろみのある愛蜜を嚥下する。体液を啜られていると思うと異様な興奮が湧きあがり、美佐子は汗だくの裸体を悶えさせた。

「飲まないで……あンっ、いやンっ」

乳房が男の下腹部の上でひしゃげている。身を捩るたびに乳首が擦れて快感がひろがり、さらに全身が敏感になってしまう。

（ああ、こんなのって……おかしくなりそう）

美佐子はなにかに縋りたい思いで、無意識のうちに目の前でそそり勃つ肉柱を握り締めていた。

「あンっ、太い……」

右手の指をしっかり絡みつかせると、なぜか胸の奥に安堵感が芽生えてくる。硬くて太いペニスは、男らしく頼りがいがあるように感じられた。

「おしゃぶりしたくなったんじゃないのか？」

堂島の言葉がきっかけとなり、半開きの唇を亀頭に寄せて吐息を吹きかける。クンニリングスの快感に朦朧《もうろう》としながら、自ら逞しい男根を咥えこんだ。

「はむううっ……ンンンっ」

長大な肉柱が口内を満たし、艶めかしい呻き声が溢れだす。

さっそく首を振りたてて、柔らかい唇でごつい岩肌のようなペニスの感触を確かめる。さらには自分が与えられている快感をそのまま返すように、肉柱をチュウチュウと強烈に吸いあげた。

「くっ、こ、これは……僕も負けてられないな」

堂島も愛撫を加速させて、膣口に尖らせた舌先を挿入してくる。たっぷりの愛蜜を湛えた膣道は、それだけで達してしまいそうなほど感度を高めていた。

(堂島さんの舌が入ってくる……わたしのなかを舐めまわしてるわ)

卑猥な愛撫を施されていると考えるだけで、肉体的な快感はもちろんのこと、精神的な興奮も膨張する。

男の顔面に騎乗してのシックスナインで、お互いの性器をしゃぶり合う。与える快感が大きければ大きいほど、与えられる興奮が激しければ激しいほど、相互愛撫は加速していくのだ。

「麻倉くんの舌が絡みついて……くぅっ」

「むはぁっ、堂島さん……そんなに奥まで……うああッ」

堂島が呻き声をあげれば、美佐子もペニスを吐きだして快感を訴える。そして再びお互いの性器にむしゃぶりつき、無我夢中で味わいつくす。口のまわりを唾液まみれにして喘ぎながら、ただひたすらに快楽だけを求めつづけた。

(ああン、すごいわ……堂島さんもこんなに濡れてる。感じてるのね)

口内のペニスの先端からは、滾々《こんこん》とカウパー汁が溢れている。しかも、徐々に牡の匂いが濃くなっているような気がした。

「そろそろ終わりにするか……ううっ」

堂島が苦しげにうなりはじめる。どうやら射精感が高まっているらしく、ねちっこいクンニリングスに拍車がかかった。

膣道に挿入された舌を抜き差しされて、さらなる華蜜の分泌をうながされる。恥ずかしいほどに濡らしながらも、これまでにない快楽に溺れていく。意志に反して陰唇が卑猥に蠢き、男の舌を締めつけていた。

「うむっ……舌がちぎられるかと思ったよ」

堂島は舌を引き抜くと、代わりに指をズブズブと埋めこみ、敏感な肉の突起に吸いついてくる。舌先で器用に包皮を剝かれて、肉芽を無防備に晒された。

「あむぅっ……そんなにしたら、感じすぎちゃう……」

クリトリスを舐め転がされながら、ゴツイ指で膣内を掻きまわされる。途端に媚肉が蕩けそうな愉悦が膨らみ、腰のあたりに小刻みな痙攣が起こりはじめた。

「ひぅッ……ひむむッ……あくうッ」

ペニスを咥えていなかったら、あられもない嬌声を放っていたに違いない。それほどまでに強烈な快感が、美佐子の全身を駆け巡っている。肉芽は恥ずかしいほどに尖り勃ち、舐め転がされるたびに全身がヒクついた。

膣に挿入した指もピストンされて、遠くに見えていた絶頂感が急激に押し寄せてくる。たまらず腰を振り、本能のままにペニスを思いきり吸いあげた。

「くおっ、あ、麻倉くんっ……すごい、もうすぐ出すよっ」

堂島の切羽つまった声が聞こえてくる。ペニスは唇を押し返すようにググッと膨らみ、今にも破裂しそうになっていた。

(ああっ、わたしも……もう……もうっ)

美佐子も膣に埋めこまれた指を締めつけて、腰をガクガク震わせる。シックスナインで性器を舐め合いながら、いよいよクライマックスが迫ってきた。

「麻倉くんっ、ううっ、出すよ……ぬおおおおッ!」

先陣を切るように堂島が低く唸り、思いきり精を噴きあげる。

「ひむううッ……ううッ、ひぐッ、あむううううぅぅぅぅぅッ！」

喉奥を射貫かれた美佐子は、絞め殺されるような声をあげながらもペニスを決して吐きださない。そのまま大量の白濁液を嚥下して、腰を激しく振りたてながら昇りつめていった。

次々と吐きだされる精液は、若い浩之に負けず劣らず濃厚だ。美佐子の渇いた喉を潤し、飢えた心を一瞬にして癒やしていった。

（こんなに美味しいなんて……ああ、すごいわ……）

男の精液を呑みくだしながらのアクメは強烈で、一瞬とはいえ独り身の寂しさを忘れさせてくれた。

亡夫に対する罪悪感はもちろんある。しかし、堂島や浩之と身体を重ねるたび、罪の意識が薄れているのも事実だった。

（あなた……また裏切ってしまいました……）

胸のうちで謝罪の言葉を繰り返す。

そのとき、夫の記憶が曖昧になっていることに気づいて愕然とする。いつも頭の片隅にいた篤史の顔が消えている。目を閉じて意識しなければ、愛する人の顔を思い浮かべることができなかった。

心から愛していたのに、いつしか熱い想いが希薄になっていた。

罪の意識に苛《さいな》まれる。しかし、天国に行ってしまった人より、自分を求めてくれる現実の男性に惹かれるのは、女なら仕方のないことだった。

4

「しなくても……大丈夫」

シックスナインによる絶頂で朦朧としながら、美佐子は掠れた声で囁いた。

汗ばんだ身体を白いシーツの上に横たえている。一糸纏《まと》わぬ全裸だが、乳房と股間は手のひらで覆い隠していた。たとえ気を許した相手でも、羞恥心が消えることはなかった。

心地よい疲労感がひろがっているが、同時に新たな欲望が湧きあがってくるのも感じている。やはり肉体は逞しい男根による絶頂感を欲していた。

「……え？」

堂島が意外そうな顔で振り返る。財布に忍ばせていたコンドームを取りだしたところだ。前回は確か「男のたしなみ」と自慢げに語っていた。

「ピル、飲んでるから」

少し躊躇して睫毛を伏せる。目もとがほんのりと染まるのがわかった。

ここのところ堂島や浩之に抱かれているので、用心して産婦人科でピルを処方してもらったのだ。

じつは結婚式の日、浩之に抱かれたときもすでに服用を開始していた。だが、それを伝えることはできなかった。ピルを飲んでいるなどと言えば〝都合のいい女〟にされてしまいそうな気がした。

妹に悪いと思っているから、浩之とはこれ以上関係を深めたくなかった。

（でも、堂島さんとなら……）

他人である堂島なら、わずらわしい問題はない。直属の上司であることは気になるが、すでに身体を許しているのだ。もともとゴムの感触が苦手ということもあり、ピルの服用を告白した。

「どうしてピルなんか飲んでるんだ？」

堂島はコンドームを屑籠《くずかご》に放り投げると、仰向けに横たわっている美佐子のかたわらで膝立ちになった。そして、表情を無くした顔で見おろしてくる。

「なぜピルを飲んでいるのかと訊《き》いている」

予想外の反応だった。スキンを着けなくて済むことを、男の人なら誰でも喜ぶものだと思っていた。

「それは……」

あなたのため、とでも言っておけばよかったのかもしれない。しかし、浩之との後ろめたい関係が脳裏をよぎり、一瞬言葉に詰まってしまった。

「そうか、言えないのか」

堂島は相変わらず無表情だったが、その声は落胆しているようにも聞こえた。

「わたしは、堂島さんと……」

取り繕うように口を開く。しかし、堂島の冷徹な声に掻き消された。

「わかってるよ。僕にキミを束縛する権利がないことくらい。僕たちは付き合っているわけではないから、麻倉くんがどこでなにをしようと構わないさ」

堂島が乱暴に腹部にまたがってくる。その目の奥には、やりきれない悲しみと怒りが滲んでいるような気がした。

(もしかして、堂島さん……)

見えない相手に嫉妬しているのかもしれない。

美佐子は妹に対する自分の感情を思いだしていた。浩之のことで、実の妹に嫉妬している醜《みにく》い自分の感情を。そして、そんな自分自身に落胆し、激しい自己嫌悪を募らせていることを……。

「もう二度も寝てるんだ。遠慮せずに後腐れのないセックスを楽しもうか」

堂島はいつになく投げやりな調子でつぶやくと、いきなり胸を隠していた腕を引き剝がす。そして乱暴に双乳を鷲摑みにするではないか。

「あぐっ……い、痛いっ」

反射的に男の手首を握り締める。しかし、ますます強い力で乳房を揉みしだかれてしまう。

「ううっ、やめてください……くううっ」

「今夜は思いきり楽しませてもらうよ。キミもそのつもりだったんだろう？　なにしろ、ピルまで飲んでるんだからな」

これほど暴力的になった堂島を見るのは初めてだ。

仕事中に議論が白熱することはあっても、決して口調が乱暴になったりするタイプではない。常に冷静沈着で、理想の上司だと皆から評価されていた。その堂島が力まかせに双つの膨らみを揉みくちゃにしてくるのだ。

「堂島さんっ、くぅっ……痛いです、やさしくしてください……くああッ」

「キミみたいな美人は、誰と寝てもやさしくしてもらえるだろう？　たまには荒っぽいセックスも体験してみたらどうだ」

馬乗りになった堂島の目は、異様なほど血走っていた。股間の逸物は、シックスナインで一度射精しているのに激しく怒張している。まるで鎌首をもたげたコブラのように獲物を探し求めていた。

普段は物静かな人ほど、理性のタガが外れたときの反動が大きくなるのかもしれない。柔肉に指を食いこませて、グイグイと力をこめてくる。その愛撫にはまったく手加減が感じられなかった。

「あうッ、痛っ、あううッ、乱暴にしないで」

乳房に指の跡がつくほど揉みしだかれ、さらには乳首を強く摘みあげられる。左右のポッチを指先で潰されて、上下左右に揺さぶられた。

「ひッ、やめっ、ううッ、ち、乳首、痛いっ」

手首を摑んで抵抗するが、女の腕力ではどうにもならない。乳房は砲弾状に引き伸ばされて、無残なまでに形を変えていた。

「痛くても感じるのか？　ほら、乳首が勃ってきたじゃないか」

「やっ……お願いですから、もっとやさしく……」

いつしか涙を滲ませて懇願する。今の堂島にはどんな言葉も通用しない。ペニスは青筋を立てて屹立しているのだ。もう欲望を吐きださせるしか、興奮を鎮める方法はないように思えた。

「堂島さん、指じゃなくて……く、口でしてください……」

恥を忍んで囁いた。目もとが紅く染まり、思わず視線をそらしていく。

興奮して愛撫をねだったわけではない。指で潰されるよりも、舐められるほうがいいと判断したのだ。

「ほう、その気になってきたみたいだな。お堅い麻倉女史は、やっぱり苛《いじ》められるのがお好きらしい」

堂島は揶揄《やゆ》するように口走ると、そのまま女体に覆い被さった。

「あっ、やンっ……ああンっ」

乳首にむしゃぶりつかれて、思わず甘い声が漏れる。先ほどまで指で強く摘まれていたため、熱を持ったようにジンジンと痺れていた。そこを唾液を乗せた舌で舐めまわされると、蕩けるような快美感が湧きあがる。

「い、いつもと違う……あンンっ、ち、乳首が……はああンっ」

散々いたぶられたせいかもしれない。這いまわる舌の感触が、やけに甘美に感じられる。左右の乳首を同じようにしゃぶられて、たまらず眉を困ったような八の字に歪めていた。

(すごく敏感になってる……ああ、今度はやさしい。そんな、急にやさしくされたら……)

熱くなったポッチを、唾液でねっとりとコーティングされる。同時に乳房をソフトに揉みあげられて、溜め息が漏れそうな感覚がひろがった。

「うっとりした顔になってきたね。もっと麻倉くんが悦ぶことをしてあげるよ」

堂島は乳房の先端に吸いついたまま、上目遣いに見つめてつぶやいた。そして硬く尖り勃った乳首に、前歯を食いこませてくるではないか。

「ひゃうッ！　やっ、い、痛いっ……くううッ」

鮮烈な痛みが突き抜ける。やさしい快美感に酔っていただけに、不意打ちで甘噛みされた衝撃は大きかった。もう一方の乳首にも歯を立てられて腰を捩らせる。乳房全体に痺れがひろがり、たまらずブリッジするように背筋を反り返らせた。

「ひいッ、噛まないで、あひいいッ」

「そんなに感じるのかい？　すごい反応だね」

堂島は薄笑いすら浮かべて、美佐子が悶える様を楽しんでいる。勃起した乳首を噛むことで、さらに興奮して鼻息を荒げていた。

美佐子も徐々に性感が高まるのを感じて、切なげに乳房を揺すりあげる。もう痛いのか感じているのか、わからなくなってしまう。

とにかく全身が性感帯になったようで、ちょっとした刺激でも過剰に反応してしまうのだ。

「こ、今度はなにを……もう、痛いのは……許して……」

左右の乳首を散々苛め抜かれてから、四つん這いになるように命じられた。獣の姿勢で貫かれるのだと悟り、思わず生唾を呑みこみながら従った。

白いシーツの上で恥ずかしい獣のポーズを披露する。自ら双臀を高く掲げることで、羞恥心がより大きくなっていた。

「お、お願い……お願いですから……痛くしないで、ください」

声を震わせながらつぶやくと、浩之に貫かれた記憶がよみがえる。妹の結婚式の夜、バックスタイルで繋がり、罪悪感と背徳感にまみれながら腰を振ったのだ。

「今夜はずいぶんとしおらしいじゃないか。麻倉くんらしくないな」

背後に陣取った堂島は、ねっとりとした手つきで尻たぶを撫でまわす。そして、くびれた腰を左右から鷲掴みにすると、硬直しきった剛根を膣口にあてがった。

「あっ……ああっ……堂島さん」

「欲しいのか？　ピルまで飲んできたんだ。お望みどおり、たっぷりなかに出してあげるよ。ほら、入ってくるのわかるかい？」

「ひううッ……」

乳房を責め嬲られたことで、膣はしとどの蜜を滴らせていた。乳首を甘噛みされる痛みと快感のなかで、女体は恥ずかしいほどに反応していたのだ。

「は、入ってくる、太いのが……ンあああッ」

巨大な肉塊を埋めこまれる衝撃は強烈で、たまらず顎を跳ねあげて、シーツを両手で握り締めた。

「ううっ、堂島さんの大きい……」

「大きいので犯されるのが好きなんだろう。たっぷり突いてやるから、何回でも好きなだけイッていいんだよ」

長大なペニスを根元まで埋めこまれ、さっそくピストンが開始される。最初から手加減なしの抽送だ。亀頭が抜け落ちる寸前まで引きだされては、勢いよく砲身全体を叩きこまれる。いきなりの波状攻撃が、汗にまみれた女体を貫いた。

「あッ……あッ……あひいッ……つ、強い、ああッ、待ってくださいっ」

奥を叩かれるたび、こらえきれない裏返った嬌声が迸る。しかし、今日の堂島はまだまだ許してくれそうになかった。

「ひッ、あひッ……な、なにを？　ひあああッ」

いきなり肛門に触れられて、ねっとりとマッサージされてしまう。バックから犯されながら、排泄器官を指で押し揉まれているのだ。その強烈な汚辱感に、たまらず絶叫を響かせた。

「ひううッ、やめて、そこ、お尻、ひいぃッ、触らないでっ」

「ずいぶん敏感なんだな。心配しなくても大丈夫だよ。痛がることは絶対にしないから。ほら、こうやって触るだけでも気持ちいいだろう？」

堂島は結合部から愛蜜を掬いあげては、菊門にねっとりと塗りたくってくる。放射状にひろがる皺に浸透させるように、念入りにマッサージを施すのだ。

「ひうッ、いやっ、お尻はいやですっ、ひううッ」

「さすがの麻倉くんも、アナルの経験はないみたいだね。なあに、そんなに怖がることはない。よく考えてごらん。指なんて細いもんだろう？」

肛門にあてがわれている指に力がこめられる。と、次の瞬間、プツッという感触とともに、男の指が肛門にねじこまれた。

「きひぃぃッ！　いやっ、ひぃぃッ……」

気が狂いそうな汚辱感が突き抜ける。信じられないことに、排泄器官に指を挿入されたのだ。しかもバックから犯されている真っ最中に、肛門をほじられている。これほど屈辱的でおぞましい体験はなかった。

「初めてみたいだから、第一関節までにしておくよ。ほら、すごいだろう？」

「ひ、ひどいっ、こんなこと……ひぃぃッ、抜いてぇっ」

「おおっ、また締まりがよくなった。どうやらアナルが感じるみたいだね」

堂島はまったく悪びれた様子もなく腰を振っている。

巨根で膣壁を抉られる刺激も強烈だ。身体が火照って汗だくなのに、全身の皮膚には鳥肌がひろがっていた。

「ひぃッ……ひぃッ……いや、もうやめてっ」

どんなに泣き叫んでもやめてもらえない。肛門を指で掻きまわされながら、男根を激しく抜き差しされる。なぜか膣の感度がアップしており、凄まじいまでの快感が突き抜けた。

「あひぃッ、激し……ひああッ、激しすぎますっ」

「こうしてほしかったんだろう？　乱暴に犯されたかったんだろう？」

堂島もかなり興奮しているらしい。指先で肛門内を擦りあげては、腰を力強く打ちつけて、昂ぶった女体を追いこみにかかった。

「ああッ、ダメっ、そんなに強くしたら……ンあぁッ」

獣のような荒々しいセックスだ。バックからの結合は、男に野生の血をよみがえらせるのかもしれない。紳士的な堂島とは思えないほどの獰猛《どうもう》さで、激しく腰を振りたててくる。

「ひぃいッ、擦れて、ひぃッ、あひッ、もう……もうっ……」

乳房がタプタプ揺れて、彼方に見えていた快感の高波が急激に押し寄せてくる。尻穴をいじられるのも、いつしか妖しい愉悦を生みだしていた。

「あううッ、堂島さん、もうダメ、あぁッ、ひあぁッ、お尻も、あひあぁッ」

シーツを掻きむしりながら懸命に訴える。肛門は勝手に収縮して、男の指を締めつけていた。これ以上突かれたら、自分だけ先に昇りつめてしまいそうだ。だが、堂島は聞く耳を持たず、さらに奥まで突きあげてくる。

「指が食いちぎられそうだ。麻倉くんのアナル、すごく熱くなってるぞ。もうイキそうなのかい？ イクときはちゃんと教えるんだ」

「あッ、あッ、許して、そんなにされたら……あぁあッ、い、イキそうですっ」

「イッていいぞ。麻倉くんがひとりでイクんだっ！」

子宮口を激しく連打されて、肛門に挿入した指もピストンされた。汚辱感に苛まれながらも、妖しい愉悦に溺れていく。と、次の瞬間、ついに頭のなかで極彩色の火花が飛び散った。

「ひいいッ、もうダメっ、イキそうっ、お尻も、あああッ、恥ずかしい、でも、でも、いいっ、ひあああッ、イクっ、イッちゃううううッ！」

小さな顎を跳ねあげて、艶めかしいよがり啼きを響かせた。

アナルをほじられながら暴力的にバックから犯されることで、秘められたマゾ性が開花したようだ。これまでにない被虐的な昂ぶりを感じて、はしたなくヒップを振りたてていた。

（こんなに……乱暴にされたのに……）

シーツにぐったりと突っ伏しながら、痺れきった頭の片隅で考える。

力でねじ伏せられているのに感じてしまう。しかも不浄の窄《すぼ》まりまで悪戯されたのだ。これまでの美佐子では、あり得ないことだった。亡き夫は壊れ物を扱うように抱いてくれた。セックスとはそういうものだと信じて疑わなかった。

だが、浩之と堂島はときに激しく思いの丈《たけ》をぶつけてくる。そんな情熱的な性交が、美佐子の心と身体に変革をもたらそうとしていた。

「仰向けになるんだ。僕も楽しませてもらうよ」

うつ伏せだった身体を転がされて、正常位の体勢で組み伏せられる。絶頂直後でぼんやりしていた美佐子が、あっと思ったときには、剛根の切っ先が早くも膣口を探り当てていた。

「そ、そんな……少しでいいの、休ませて……」

下肢を大きく割られて、今にも挿入されそうになっている。両手は男の胸板に添えているが、押し返せるとは思っていなかった。

「今度は二人でいっしょにイクんだ。いいだろう？」

堂島はねっとりとした口調で囁くと、有無を言わさず腰を押し進めてくる。巨大な亀頭が再び膣口に沈みこみ、そのままズブズブと侵入を開始した。

「あッ……ああッ……また入ってくるぅっ」

両脚が宙に浮き、つま先がまっすぐにピンッと伸びる。小刻みに震える足指が、挿入の衝撃を物語っていた。

バックから散々突かれまくったので、蜜壺はすっかりほぐれている。いきなり根元まで挿入されても、痛みなどいっさい感じない。極太の肉柱をいとも簡単に咥えこみ、まるで咀嚼《そしやく》するように大陰唇が卑猥に蠢いていた。

「あンンっ、堂島さん……せめて、ゆっくり……あああッ」

より結合を深めるように、股間がぴったりと密着する。陰毛同士が擦れ合い、淫らな気分が高まっていた。さっきイッたばかりなので今度は、このままやさしく動かしてほしい。だが堂島の目つきは相変わらず鋭かった。

「遠慮しなくてもいいじゃないか。今日は徹底的に苛め抜いてあげるよ」

「きゃっ……な、なにを？」

足首を摑まれたかと思うと、いきなり大きく持ちあげられる。ヒップがシーツから浮きあがり、身体を折り曲げるように押さえつけられた。

「ううっ、苦し……こんな格好、いやです」

「これは屈曲位というんだ。もしかして初めてだったのかな？」

堂島は両脚をそれぞれ肩に担ぎあげるようにすると、ググッと体重を浴びせかけてくる。長大な男根がさらに奥まで埋没し、異次元の快感がこみあげてきた。

「ひッ……あッ……お、奥まで来てる……ひああッ」

男の肩を強く摑み、爪を皮膚に食いこませる。子宮口を突き破りそうなほど圧迫されて、たまらず首を左右に振りたくった。

「ひいいッ、すご……ひッ……ひッ……」

「奥が感じるみたいだね。ほら、当たってるのわかるかい？」

堂島も鼻息を荒げながら、腰を小刻みに使って子宮口をノックする。美佐子はいつしか歓喜の涙まで流して、ヒイヒイ喘いでいた。

これほど深くまで愛されるのは初めてだ。ただでさえ、堂島のペニスは篤史や浩之よりも太くて長い。その長大な肉柱を駆使して、屈曲位で貫かれているのだ。串刺しにされたような感覚に陥り、為す術もなくよがり声を張りあげた。

「当たってる……ひああッ、当たってるぅっ」

「くっ……すごい締めつけだ。くううっ」

堂島が苦しげにうなりながら腰を使う。バックであれだけ突いておきながら射精していないのだ。興奮が極限まで高まっているらしく、抜き差しのスピードがどんどん速くなっていた。

「あああッ、そんなに奥ばっかり……ひいッ、あひッ、おかしくなっちゃうっ」

期待と不安が入り混じり、美佐子は男の顔を見あげて喘ぎ狂った。押し寄せる愉悦の波に恐怖しながら、蜜壷をぐっしょりと濡らして男根を食い締める。激しい抽送に耐えきれず、いつしか嗚咽《おえつ》までもらしていた。

「ひいいッ、あひいいッ……ダメっ、もうダメぇっ、うっぅぅっ」

「ううっ、麻倉くん……涙を流すほど感じるのか？」

掘削機のように腰を打ちおろしながら、堂島が目を血走らせて尋ねてくる。射精感が限界まで膨らんでいるのは明らかで、膣道を掻きまわす男根がひとまわり大きく膨張していた。

「ひあッ、い、いいっ、ああッ、すごくいいのっ、うあああッ」

熱く燃えたぎるペニスを通して興奮が伝わってくる。美佐子もたまらなくなり、腰を振りながら叫んでいた。

「もっと、あああッ、もっと強くっ、あひいいッ、もっと突いてぇっ」

「お望みどおり、たっぷり突きまくってやるっ！」

堂島が雄叫びをあげながらラストスパートの抽送に突入する。本能のままに蜜壺を抉りまくり、快楽の頂を一気に駆けあがっていく。

「ひいッ、ひいいッ、すごい、感じるっ、子宮が感じるぅっ」

「ぬううっ、まだまだっ、麻倉くんが壊れるまで突きまくるぞ！」

子宮口を突き破らんばかりに、腰を叩きつけられる。目も眩むような快感のなかで、美佐子は為す術もなくよがり啼いた。

「い、いいっ、あああぁッ、すごくいいっ、もっと、あううッ、もっとぉっ」

「くううっ、なかに、ううっ、なかに出すぞっ、ぬおおおッ！」

堂島の低いうなり声が響き渡る。真上から打ちおろされてくる肉柱が根元まで埋まり、まるで感電したように激しく痙攣した。

「ひああッ、ふ、深いっ、うあああッ、出てる、なかで、あああッ、熱いっ、ひッ、ひいッ、イクっ、イキますっ、あああッ、イックううッ！」

熱い飛沫《しぶき》が子宮口を直撃する。夫に最後に抱かれて以来の中出しだ。

「死んじゃうっ、ひいいッ、もう死んじゃうぅっ」

その衝撃はあまりにも暴力的で、美佐子はなかば意識を飛ばしながらオルガスムスに昇りつめていった。

「まだ出るぞっ、麻倉くんのなかに……ぬうううッ！」

「ううッ、イクっ、またイッちゃうっ、ひいいッ、あひああぁぁぁぁッ！」

堂島は歯を食い縛り、腰を二度三度と思いきり叩きつけてくる。最後の一滴まで搾りだし、すべてを美佐子のなかに注ぎこんだ。

射精が終わっても、蜜壺は嬉々として男根を締めつけていた。美佐子と堂島は絶頂後も執拗に粘膜を擦り合わせて、ようやく力尽きたように並んで転がった。

二人の乱れた息遣いだけが、部屋の空気を震わせていた。充満していた淫臭が徐々に薄れて、汗にまみれた裸体を静寂が包みこんだ。

互いにしばらくは無言だった。

「残念だけど……キミの気持ちは僕に向いていないようだね」

どれくらい時間が経ったのだろう。堂島がぽつりとつぶやいた。

寂しげな声が美佐子の朦朧とした頭に響き渡る。いつもの自信に満ち溢れた堂島とは異なり、ひどく弱々しい声だった。

「もう、これっきりにしよう」

きっぱりしているようだが、懸命に声を絞りだしたようにも感じられた。

(そんな……終わりなの?)

ふいに涙が溢れだす。堂島とは所詮は大人の遊びのつもりでいた。だから本気にならないようにセーブしていた部分もある。もちろん、いつかこの関係が終わることは予想していた。

それなのに、これほど悲しい気持ちになるとは思いもしなかった。

ストーカーになられたら困るなどと心配したこともある。しかし、堂島から終わりを宣言されたことで、まったくの杞憂《きゆう》に終わった。

涙の理由は自分でも説明がつかない。だが、なにか大切な物を失ったような気がするのはなぜだろう。

美佐子は背中を向けると、声を押し殺して嗚咽を漏らしつづけた。

第五章　快楽の虜《とりこ》

1

金曜日の夜、美佐子は仕事を終えると会社の前でタクシーを拾い、妹夫婦のマンションに向かった。

ディナーを食べに来ないかと誘われたのだ。電話では何度か話しているが、会うのは久しぶりだった。新婚旅行から戻って二週間ほどが経っている。お土産《みやげ》を渡したいと言うので、遠慮なくお邪魔することにした。

(長かったわ……やっと会えるのね)

タクシーの後部座席で、浩之の顔を思い浮かべては深呼吸を繰り返す。

いけないと思いつつ、再会の日を心待ちにしていた。結婚式の夜に激しく抱き合って以来だ。朋美に気づかれてはならないというスリルが、ますます美佐子の心を燃えあがらせている。こんなことは許されないと思うほどに、浩之のことばかり考えてしまうのだ。

あれから堂島とはなにもない。会話は必要最低限になり、残業で顔を合わせても誘われることはなくなった。多少ぎくしゃくしているが、徐々に以前のような関係に戻りつつある。

上司と肉体関係を持った事実が消えることはない。本能のままに貪り合った快楽は、一生忘れられないだろう。それでも決して険悪になったりしないのは、お互いが大人の付き合いと割り切っていた結果だった。

美佐子はタクシーを降りると、インターフォンを鳴らす前にもう一度大きく息を吐きだした。

「お義姉《ねえ》さん、いらっしゃい」

エレベーターを降りて廊下を歩いていると、玄関のドアが開いて浩之が笑顔を覗かせた。前回訪れたときより早い時間だが、急いで帰宅したのだろうか。

「こんばんは、浩之くん」

平静を装っているが、胸の高鳴りは抑えられない。

浩之から「お義姉さん」と呼ばれるのは初めてだった。これが家族になった証《あかし》なのかもしれない。だが、すでに肉体関係を持っている美佐子にとっては、逆に他人行儀のように感じられた。

リビングに通されると、デミグラスソースの香りが鼻腔をくすぐった。

キッチンで朋美が食事の支度をしている。今夜はシェフの浩之ではなく、新妻となった朋美の手料理が振る舞われるらしい。

「お姉ちゃん、久しぶり」

「元気そうね」

「うん。すぐにできるから座って待ってて」

ピンク色のエプロンを着けた朋美は、輝くような笑みを浮かべていた。キッチンに立つ姿は新妻らしく、健気《けなげ》でとても可愛らしかった。

今が一番幸せなときなのかもしれない。美佐子は妹の姿を見つめながら、自身の新婚生活を振り返った。

結婚退職して専業主婦になり、あまり得意とはいえなかった家事に取り組んだ。職場とは違って悪戦苦闘の毎日だった。それでも愛する夫のためだと思えば、まったく苦にならなかった。

（あんなに好きだったのに……）

朋美を見ていると、自分が卑小な人間に思えてくる。

妹の旦那と寝てしまった。世の中には酷《ひど》い事件がたくさんあるが、人の心を踏みにじっている自分は最低だと思う。人としてあってはならないことをした自覚は持っている。だが、どうしても気持ちをコントロールできなかった。

亡夫のことを考える時間は格段に減っていた。そのぶん、浩之の顔を思い浮かべる時間が増えている。

（篤史さん、許して……もう、あなたのことは……）

美佐子のなかで、いつしか篤史と浩之の比重が逆転していた。

浩之に出会った頃は、寂しさのあまり篤史と重ね合わせていたように思う。しかし今は、浩之のことを完全にひとりの男として認識していた。

もちろん、関係を持つことが許されないのはわかっている。もう二度と過ちを犯すつもりもない。ただ最後に彼の顔を見て、心に踏ん切りをつけたかった。ここに来るまでは、堅く心に誓っていた。そう、ここに来るまでは……。

「お義姉さん、どうぞ」

浩之にエスコートされるようにして、二人掛けのソファに腰をおろす。

思えば、このソファで抱かれたのがはじまりだった。少しからかうだけのつもりが、取り返しのつかないことに発展した。ほんの軽い悪戯心が、若い彼を本気にさせてしまったのだ。

あの日と同じように、浩之はひとり掛けのソファに座った。

その仕草に不自然なところはいっさいない。朋美に隠れて肉欲を貪り合ったことなど微塵《みじん》も見せなかった。

「ハワイはどうだったの？　二人っきりの新婚旅行は楽しかったでしょ」

少し意地悪をしたくなり、嫉妬混じりに尋ねてみる。なにも本気で困らせようと思っているわけではない。彼がわずかでもすまなそうな顔をしてくれれば、それだけで溜飲がさがるはずだった。

しかし、浩之はまったく動じる様子もなく、涼しい顔で言い放った。

「ええ、すごく楽しかったですよ。朋美ちゃんのビキニ姿も拝めましたし」

当てつけというわけではないらしい。本当に幸せそうに語る姿を目の当たりにして、胸が締めつけられるような気がした。

「そう……よかったわね……」

声が震えそうになるのを懸命にこらえて返していく。新婚旅行で心境に変化があったのだろうか。浩之はもう朋美のことしか見えていないのかもしれない。

「なになに？　今、ビキニがどうとか言ってなかった？」

キッチンから朋美が顔を覗かせる。愛する夫の言動が気になって仕方がない時期なのだろう。料理をしながらも、会話に加わってこようとする。

「ワイキキビーチの話をしてたんだ。朋美ちゃんのビキニがすごく可愛かった、ってお義姉さんに報告してたんだよ」

「もお、ヘンなこと言わないでよ。ヒロくんがどうしてもって言うから着たけど、恥ずかしかったんだから」

新婚夫婦のそんなやりとりが、美佐子の目には眩しく映った。

妹には幸せになってほしい。だが、浩之が遠くに行ってしまったような気がして苦しくなる。疎外感に襲われ、危《あや》うく涙腺がゆるみそうになった。

（これでいいの……明るい家庭を築いてくれれば……）

浩之の目が朋美に向いているのなら、なおさら大人しく身を引くつもりだ。

寂しくないと言えば嘘になる。しかし、禁断の関係が長つづきしないことは最初からわかっていた。そう思うと、ちょうどいい機会なのかもしれない。

「お待たせ。出来ましたよぉ」

朋美がキッチンから声をかけてくる。すかさず浩之が立ちあがり、料理を盛った皿を受け取りにいった。

どこからどう見ても仲睦《なかむつ》まじい新婚夫婦だ。もう美佐子の入りこむ余地はなさそうだった。

朋美による今夜のメニューはビーフシチューとサラダ。浩之が作る本格的なイタリアンとは異なり、どこか懐かしさと温かみを感じさせる家庭的な料理だ。

「お義姉さんはワインでいいですか？」

浩之がボトルを手にして尋ねてくる。その瞬間、美佐子の脳裏に初めて抱かれたときの光景がよみがえった。

あの日も三人でワインを飲んでいた。朋美が早々に酔いつぶれてしまい、その後に過ちが起こったのだ。

今夜、もし同じように朋美が眠り、浩之が迫ってきたとしたら、拒みつづけることができるだろうか。いや、絶対に拒絶しなければならない。妹の幸せを壊すわけにはいかないのだ。

決意を新たにしたとき、浩之が意外な言葉を朋美にかけた。

「朋美ちゃん、ワインはやめておこうね」

「うん。すぐ眠くなっちゃうから」

朋美も素直に答えている。どうやら最初から飲む気はなかったようだ。

今まで朋美本人はアルコールに弱い自覚がなかったようなので、浩之に指摘されて反省したのかもしれない。

（そう……よね……。やだわ、わたしったら……おかしなこと考えて）

美佐子が心配することはなかった。安堵して胸を撫でおろしながらも、少し拍子抜けしたような気がした。

ワインボトルを見たとき、浩之がなにかを企《たくら》んでいるのかと勘繰った。自意識過剰だったことに気づいて恥ずかしくなる。それと同時に二人のラブラブぶりを見せつけられて、抑えこんでいた嫉妬心が再び膨らみはじめた。

美佐子と浩之は赤ワイン、朋美はミネラルウォーターで乾杯となった。

ビーフシチューは母親の味を引き継いでおり、郷愁《きょうしゅう》を誘われた美佐子はますます切ない気持ちになってしまう。

話題の中心はやはりハネムーンのことだった。

綺麗だった景色のこと、美味しかった料理のこと、言葉が通じずに困ったことなど、新婚旅行に付き物の土産話だ。

二人にとっては一生の思い出になったに違いない。しかし、美佐子は笑顔を保っているのが苦痛だった。

いい加減、相づちを打つのにも疲れてきた。時間も遅いので、そろそろ帰ろうと思って腰を浮かしかける。すると、すかさず制するように朋美が口を開いた。

「お姉ちゃん、遅くなったから泊まっていってよ」

子供の頃のように無邪気な笑みを浮かべている。その笑顔を見たとき、楽しかった記憶が一気によみがえった。甘えん坊の朋美は、いつも美佐子の後ろにくっついていた。そんな妹のことが可愛くてならなかった。

しかし、昔の仲のよかった姉妹には戻れそうにない。原因はわかりきっている。すべては自分が蒔《ま》いた種だった。

「新婚さんのお邪魔をしたら悪いから」

おどけた振りをして告げるが、頬がひきつり上手く笑えない。逃げるように慌てて立ちあがると、朋美に手首を摑まれた。

今にも泣きだしそうな瞳で見つめられて、嫌な予感がこみあげる。

もしかしたら、浩之との関係を知っているのではないか。無言で責められているような気がして、瞬く間に顔色を失った。

「気に障《さわ》ったのなら、ごめんなさい」

朋美が蚊《か》の鳴くような声でつぶやいた。叱られた幼子のようにうつむき、一所懸命に言葉を紡《つむ》ぎだす。

「お姉ちゃんが少しでも元気になれればと思って……それで……」

最後の方は涙声になっていた。

「え……ちょっと……朋美？」

意外な展開に、美佐子のほうが戸惑ってしまう。

どうやら、電話越しに聞こえる美佐子の声が暗いのを気にしていたらしい。そこで元気づけようとディナーに招いたのだが、結果として新婚ぶりを見せつけていた。今になって、そのことに気づいたようだ。

「お姉ちゃんの気持ち、全然わかってなかった……」

確かに伴侶を亡くしている美佐子は、人の結婚を素直に祝えないところがある。しかし、実の妹なら話は別だ。

美佐子の声が暗かった理由は他にある。浩之と不適切な関係を持ち、妹を裏切ってしまった。浅はかな自分の行動がすべての元凶なのだ。

「朋美……気にしないで……」

申し訳ない気持ちが湧きあがり、思わず妹の肩を抱き寄せる。朋美が抑えた嗚咽を漏らすので、美佐子も釣られて双眸を潤ませた。

「もう遅いですから、本当に泊まっていってください」

浩之が静かに声をかけてくる。

タクシーで帰るつもりだったが、このまま朋美と別れると気まずくなりそうだ。今のうちに元の状態に戻しておきたかった。

(それに、もう少しだけ……)

ちらりと浩之に視線を走らせる。まったく気にしていないようだが、美佐子は意識せずにはいられなかった。

「お言葉に甘えて、泊まらせてもらおうかしら」

笑みを湛えてつぶやきながら、己の未練がましさに嫌気が差してしまう。

(わたし、なにを期待してるの？　あさましい……)

猛烈な自己嫌悪のなかで、小さく溜め息をついた。この期に及んで浩之とのアバンチュールを望んでいる。そんな自分があまりにも憐れで醜く思えた。

「じゃ、すぐにお布団敷くね」

「僕はワインを用意します。せっかくですから、もう一杯飲みましょう」

朋美は笑顔を見せてくれたが、浩之はキッチンに入ってしまったので表情を読み取ることができなかった。

「わたし、先にシャワー浴びてくる」

洗い物を済ませた朋美が、弾むような足取りでバスルームに消えていく。

美佐子が泊まっていくことが嬉しいらしい。いくつになっても子供のように愛らしく、憎めない妹だった。

「お義姉さんはくつろいでください」

浩之は白ワインを開けると、グラスに注いでくれた。

「ありがとう……」

自然に振る舞おうとするが、どうしても構えてしまう。

浩之はひとり掛けのソファに座って白ワインを飲んでいる。いつ隣に移動してくるかと気が気でない。

(朋美がシャワーを浴びている間に迫られたら……)

そのときは披露宴直前の控室のように、口で性欲を鎮めるしかないだろうか。

「マーケティングのお仕事は順調ですか？」

「え、ええ……まあ……」

「そうだ。今度、僕のお店にも来てください。サービスしますよ」

浩之がいろいろと話を振ってくるが、まともに受け答えする余裕はない。そんなことより、涼しい顔で日常会話を交わせる神経が知れなかった。

「お義姉さん、大丈夫ですか？」

「あ……ご、ごめんなさい……」

こんな間の抜けたやりとりを何回繰り返したことだろう。緊張しながらワインを飲んでいるうちに、朋美がバスルームから戻ってきた。

（やだ、わたし……自分がしたかっただけ？）

思わず赤面して、消え入りたい心境になる。結局何事も起こらなかった。浩之は指一本触れてこないどころか、終始紳士的に振る舞っていた。

「お姉ちゃん、顔が赤いよ」

頭にタオルを巻いた朋美が、心配そうに尋ねてくる。

「酔ったのかしら……」

美佐子は自分の頬を両手で挟みながら、ちらりと浩之を見やった。

やはり彼の目には、もう朋美しか映っていないのかもしれない。新婚なのだから当然だが、美佐子は一抹《いちまつ》の寂しさを感じていた。

2

(やっぱり、帰ればよかったかな……)

美佐子は布団に横たわって天井を見つめながら、小さな溜め息をついた。

ワインをかなり飲んだが、頭は冴え渡っている。朋美たちには疲れたから横になると告げたが、本当は早くひとりになりたかっただけだ。これ以上新婚夫婦といっしょにいても、自分が惨めになるだけだった。

美佐子が寝ている六畳ほどの和室は、一応書斎ということになっている。ふたつある本棚には、浩之の物らしき料理関係の本がぎっしりとつまっていた。

このマンションにいる限り、浩之のことが頭から離れない。美佐子は思わず自分の身体を抱きしめて、パジャマの二の腕を強く握り締めた。

朋美に借りたパジャマは、白地にブルーの水玉模様を散らした可愛らしいデザインだ。シャワーを浴びて袖を通すと、朋美は「お姉ちゃん、すごく似合ってる」とはしゃいでいた。

しかし、美佐子は少し幼すぎるような気がして恥ずかしかった。浩之に見られたくないという思いもあって、早々に引っこんだのだ。

美佐子が書斎で横になってしばらくは、リビングから話し声が聞こえていた。だが、それはわずか数分のことだった。今は静かになっているので、おそらく二人とも隣の寝室に入ったのだろう。

以前に一度だけ寝室を見たことがある。朋美が酔いつぶれて、浩之が寝かせるときにチラリと見えてしまったのだ。

部屋の中央にダブルベッドが置かれていた。

新婚の二人のことだ。身を寄せ合うようにして眠っているに違いない。いや、眠る時間など、ほとんどないのではないか。

おそらく毎晩のように求め合っているのだろう。あのダブルベッドで愛の言葉を囁き合い、熱い抱擁を交わしている。そして、欲望を剝きだしにした二人は、朝まで激しく腰を振り合うのだ。

すぐ隣の部屋で朋美と浩之が寝ていると思うと、心の奥がざわついた。

無意識のうちに耳を澄ます。微かな衣擦れの音に、息を潜めたような話し声。会話の内容まではわからないが、意識すると隣室の様子が生々しく伝わってくる。

（浩之くんと朋美……今ごろ……）

考えないようにしようと思っても、どうしても気になってしまう。

美佐子はむっくりと起きあがり、逡巡《しゅんじゅん》しながらも襖《ふすま》を開けた。和室を出ると、物音をたてないように注意しながら寝室のドアに歩み寄っていく。

自分の行動が信じられない。もちろん、いけないことだとわかっている。それでも途中でやめることができなかった。

足音を忍ばせてドアの前に立つと、なかから微かに声が聞こえてくる。抑えてはいるが、啜り泣くような声が漏れていた。

（してる……のね……）

美佐子はごくりと生唾を呑みこみ、微かに眉を顰《ひそ》めて木製のドアを凝視する。透視能力を持っていれば、迷うことなく使っていただろう。

この薄い板の向こうで、浩之が朋美を抱いている。先ほどまで無邪気な笑顔を見せていた妹が、淫らな女の顔で喘いでいるのだ。

気づいたときにはドアノブを握っていた。罪の意識はもちろんある。しかし、それを凌駕する嫉妬と好奇心が、美佐子を突き動かしていた。

慎重にノブをまわし、じりじりとドアを押し開ける。わずか数ミリの隙間から、鈍い光とともに艶めかしい喘ぎ声が溢れだしてきた。

「ンンぁっ……」

それは妹の声に間違いない。

はっと我に返り、後悔の念がこみあげる。しかし、ここまで来ておきながら、今さら後に引くことはできなかった。

「ねえ、ヒロくん……もう、我慢できないよぉ」

「欲しくなったのかい？　隣でお義姉さんが寝てるんだよ」

朋美の甘えたような声と、浩之のたしなめるような声が聞こえてくる。美佐子は心臓の鼓動が速くなるのを感じながら、ドアの隙間にそっと顔を近づけ、なかを覗きこんだ。

（ああっ……朋美っ、浩之くんっ）

いきなり視線が釘付けになる。ダブルベッドの上で蠢く二人の裸体が視界に飛びこんできた。ちょうど真横からのアングルで、サイドテーブルに置かれたスタンドが部屋のなかをぼんやりと照らしていた。

朋美が張りのある乳房を剝きだしにして仰向けになっている。大きく割り開かれた脚の間で、浩之が膝立ちの姿勢をとっていた。陰茎は隆々とそそり勃《た》ち、先端が卑猥に濡れ光っている。正常位で今まさに挿入しようという体勢だ。

「意地悪しないでよう……ああンっ、ねえ……」

「仕方ないな。でも声を出したらダメだよ」

やはりセックスするつもりらしい。

美佐子は思わず息を呑み、ベッドの上をじっと見つめた。覗きという最低の行為をしているにもかかわらず、ブレーキをかけることができなかった。

新婚夫婦なら当然のことだ。しかし、今夜くらいは控えようと思わなかったのだろうか。そんな美佐子の思いをよそに、二人は熱く見つめ合っていた。

「あンっ、当たって……ンンっ」

浩之が腰を押し進めると、朋美の身体に震えが走る。小さな顎が跳ねあがり、こらえきれないといった感じの嬌声が溢れだした。

「は、入ってくる……はあっ」

「静かに。お義姉さんに聞かれたくないだろう？」

浩之は小声で囁きながら、さらに男根を埋没させていく。やがて股間がぴったりと密着し、完全に結合を果たしてしまう。スタンドの淡い光が、絡まり合う二人の陰毛まで照らしだしていた。

（浩之くんのが……朋美のなかに……）

熱くて硬いペニスの感触を思いだし、たまらず腰を捩らせる。浩之と不倫セックスに耽った記憶が、生々しく脳裏によみがえっていた。

「朋美ちゃんのなか、トロトロになってるよ」

「ヤンっ、言わないで……ああンっ、ヒロくん」

朋美が恥ずかしそうにつぶやき、浩之の首に手をまわす。そして口づけをねだるように唇を窄めていった。

浩之は胸を合わせるように覆い被さり、そっと唇を重ねていく。ついばむようなキスを繰り返し、やがてディープキスへと発展する。舌と舌を擦り合わせて、お互いの唾液を味わいつくす。その間、ペニスは深く突き刺さったままだった。

「あふっ、動いて……ヒロくん、お願い……」

濃厚なディープキスが終わると、朋美が切なげな瞳で見あげて囁きかける。欲情が限界まで高まり、力強いピストンを欲しているのだ。

「喘いだらダメだよ。わかってるね？」

浩之は子供に言い聞かせるように念を押すと、ゆっくり腰を振りはじめた。

密着させていた股間を引き剝がすように、腰をじりじりと後退させる。華蜜にまみれた肉竿が見えて、亀頭が抜け落ちる寸前で動きがとまった。そして再び根元までゆっくりと挿入していく。

「ンっ……ンっ……ンっ……ンはぁっ」

引き抜かれるときは、なんとかこらえている。しかし、突きこまれる衝撃には耐えられないらしく、くぐもった喘ぎ声が溢れだした。

「気持ちいいんだね。でも声を出すと、お義姉さんに聞こえちゃうよ」

「だ、だって……はンンっ」

「セックスしてるってバレたら気まずいだろう？」

そう言いながらも、浩之は腰の動きを弱めようとしなかった。

抽送速度は徐々に速くなり、寝室のなかにヌチャヌチャという卑猥な音が響きはじめる。朋美の股間は、大量の愛液で濡れそぼっているのだろう。肉棒で掻きまわされるたびに、透明な飛沫を飛ばしているのかもしれない。

(朋美、感じてるのね……ああ、わたしも……)

美佐子はドアの隙間に顔を押し当てたまま、無意識のうちに自分の身体をいじっていた。水玉模様のパジャマの上から、左手で乳房を握り締める。右手はパジャマのズボンに伸ばして、股間をギュッと強く摑んでいた。

「はぁ……」

熱っぽい溜め息が溢れだし、慌てて下唇を噛み締める。

覗いていることを、絶対に知られてはならない。もし発覚すれば、おおらかな性格の妹でも許してはくれないだろう。それに浩之との関係まで、明るみに出てしまう可能性があるのだ。

（でも、身体が熱くて……）

全身が異様なほど火照っている。若い二人の興奮が伝わり、美佐子まで気持ちを高揚させていた。

寝室のなかでは、声を押し殺した密戯がつづいている。聞かれたら困るという思いが、余計に二人を燃えあがらせているようだった。

「ンっ……ンっ……あふっ、ダメ……声、出ちゃう」

「我慢するんだ。気持ちよくても、喘いだらダメだよ」

浩之は再びキスで朋美の唇を塞ぐと、リズミカルに腰を振りたてる。あくまでもセックスはつづけるつもりらしい。やりたい盛りの二人に、途中でやめるという選択肢はないようだ。

「うぅンっ……い、いい……ンっ……ンンっ」

「僕も気持ちいいよ。すごく締まってる、朋美ちゃんのアソコ」

「やンっ、恥ずかしい……はむンっ……ンううっ」

浩之の口内に喘ぎ声を吹きこみ、朋美が淫らに腰をうねらせる。男根の抽送に合わせて、宙に浮いたつま先が揺れていた。

あの愛らしい妹の痴態を、美佐子は信じられない思いで見つめていた。普段の清純そうな朋美からは想像できない姿だった。

(朋美があんなにいやらしいことを……浩之くんと……)

嫉妬と興奮が美佐子の理性を揺さぶっている。浩之とセックスしたことがあるだけに、朋美がどれほどの快感を得ているのか容易に妄想できた。

美佐子の瞳はとろんと潤み、息遣いが荒くなっている。もう卑猥なことしか考えられない。とてもではないが我慢できそうになかった。

浩之の腰の動きを見つめながら、パジャマのズボンのなかにそっと右手を忍ばせていく。そのままパンティのウエスト部分から指先を潜りこませると、恥毛を掻きわけて股間の奥へと指を伸ばした。

「ンっ……」

ネチャッという感触とともに、快感電流が駆け抜ける。

（やだ……すごく濡れてる）

やはり割れ目はぐっしょりと濡れそぼっていた。

妹夫婦のセックスを覗き見て、ひとり欲情していたのだ。激しい自己嫌悪が湧きあがってくるが、情欲の昂ぶりは鎮まらない。指先でそっと恥裂を撫であげると、たまらない快美感がひろがった。

「はっ……ンぅっ……」

下唇を嚙み締めて声をこらえながら、トロトロになった媚肉を刺激する。何度か恥裂を往復させるとすぐに物足りなくなり、中指を膣口に沈みこませた。

（ああっ、すごい……感じるわ）

下肢に震えが走り、思わず膝が崩れそうになる。しかし、ここで物音をたてたら大変なことになってしまう。懸命に下肢を力ませて踏ん張ると、ヒップを後方に突きだした情けない中腰になっていた。

（わたし、なんてはしたないことを……でも……でも……）

あまりにも滑稽な格好だが、やめることはできなかった。覗き見をしながらのオナニーは、中毒になりそうな暗い快感をもたらしていた。

「あンっ、ヒロくん……あっ……あっ……」

「朋美ちゃん、声が出てるって」

スタンドの弱々しい光のなかで、新婚夫婦が腰を振り合っている。しっかり身体を密着させての正常位だ。

新妻は夫の背中に両手をまわし、両脚も腰に巻きつけている。夫の腰の後ろで足首を交差させて、より深くペニスを受け入れようとしているらしい。

（わたしも……浩之くん、わたしにもして……）

いつしか美佐子は妹の姿に自分を重ねていた。

浩之のピストンに合わせて、中指を出し入れする。すると、まるで本物の男根を挿入されているような錯覚に陥り、えも言われぬ快感がひろがるのだ。

「ンっ……ンっ……ンっ……」

声をこらえてのオナニーは、喘ぎ声を我慢している朋美の心情にもマッチする。妄想はますます現実味を帯び、蜜壺が中指を強く食い締めていた。

愛蜜がどんどん溢れて、右手をぐっしょりと濡らしている。背徳感と罪悪感がこれまでにない興奮を生み、美佐子を危険な自慰行為にのめりこませていった。

「もう……ああっ、もうイッちゃいそう……ああンっ」

「くぅっ……僕もだよ。いっしょに気持ちよくなろう」

二人はもうすぐ絶頂に達しようとしている。息を合わせて腰を振り、至福の瞬間を共有しようとしていた。

美佐子も乗り遅れてはならないと、中指の抜き差しを激しくする。蜜壺のなかを掻きまわし、絶頂に向けて急速に昂ぶっていく。

（やだ、わたし……自分の指で……ああっ……あああっ、感じるっ）

喘ぎ声を懸命にこらえながら、パジャマの前を開いて乳房を剝きだしにする。左手でメチャクチャに揉みしだき、尖り勃った乳首を強く摘みあげた。

「うンぅぅっ……」

もし、今ドアを開けられたら言い逃れできない。そんなスリルでさえ、快感を高めるスパイスとなっていた。理性を蕩かせている美佐子は、もうアクメに達することしか考えられなかった。

「あっ……あっ……ヒロくん、もうダメぇっ」

「ううっ……朋美ちゃん、声を出さずにイクんだよ」

浩之も苦しげに告げると、ラストスパートの抽送に突入した。激しく腰を振りまくり、男根を力強く突き立てる。朋美の身体が壊れてしまいそうな、凄まじいばかりのピストンだ。

「ンああっ、すごいっ、ンンっ、ンンっ、感じるぅっ、イクっ、イッちゃううッ！」

「うおっ、締まるっ……うくううううっ！」

ついに二人揃って絶頂に達していく。さすがに大声でよがり啼くことはなかったが、朋美はなかに出されて淫らに腰を痙攣させた。

(浩之くんっ……あっ……ああっ……わたしもイキそうよっ)

美佐子は涙を滲ませながら、膣に埋めこんだ中指を鉤状に折り曲げる。途端に鮮烈な快感が四肢の先端まで突き抜けて、頭のなかが真っ白になった。

「くううウッ、うむううぅぅぅぅぅッ！」

声を押し殺して腰をくねらせる。下肢がぶるるっと震えて、膣の奥から愛蜜が溢れだした。妹夫婦の寝室を覗きながら、オナニーで虚しく昇りつめたのだ。

絶頂に達した途端、急激に興奮が冷めはじめる。相手のいるセックスではないので、抱き合って余韻を楽しむことはできなかった。

「ああ……ヒロくん」

「朋美ちゃん、愛してるよ」

ダブルベッドの上では、汗だくの二人がきつく抱擁している。愛の言葉を囁き合う姿は、独り身の美佐子をますます追いこんだ。

（わたし……なんていうことを……）

罪の意識が胸のうちで膨らみはじめたときだった。しばらく抱き合っていた浩之が、突然朋美の肩越しに視線を向けてきたではないか。

（え……？）

その瞬間、美佐子の心臓は凍りついた。

ただの偶然とは思えない。彼は覗かれていることを知っていたのではないか。初めから気づいていながら、何食わぬ顔でセックスしていたのではないか。

全身を硬直させた美佐子の瞳には、浩之の勝ち誇ったような笑みが映っていた。

3

「お義姉さん、覗きはよくないですね」

寝室から出てきた浩之が、薄く笑いながらつぶやいた。

全裸のままで剝きだしの肌が汗ばんでいる。セックスの匂いを全身から発散させて、すぐ目の前に立っているのだ。先ほどまで朋美のなかで暴れていた陰茎は、だらりと力なく垂れさがっていた。

「ひ……浩之くん……」

美佐子は今にも泣きだしそうな顔で、浩之のことを見あげていた。

かろうじてパジャマの乱れは直したが、足が竦んで逃げることができない。物音をたてて、朋美に見つかることが恐ろしかった。

開け放たれたドアから、寝室の様子が見えている。朋美はベッドの上で静かに寝息をたてていた。姉が近くにいることを意識してのセックスで燃えあがり、ことが終わるとすぐに精根尽き果てて寝入ってしまったのだろう。

「なにをしてたんです？」

浩之が冷徹な目で見おろしてくる。唇の端が微かに吊りあがっていた。

「ち、違うの……これは……」

美佐子は蛇《へび》ににらまれた蛙《かえる》のように、視線をそらすことすらできなかった。朋美を起こさないよう、声を潜めて誤魔化そうとする。しかし、背後にまわした右手の指先は、愛蜜でねっとりと濡れていた。

「なにが違うんですか？」

「あっ……」

いきなり右の手首を摑まれて、顔の前に引き寄せられる。そして透明な汁でコーティングされた指先を、まじまじと見つめられた。

「これは、なんです？」

「や……許して……」

悪戯を見つかった子供のように、肩を竦めて首を左右に振りたくる。目もとが赤く染まり、今にも涙がこぼれそうになってしまう。

手を振り払おうと力をこめるが、浩之は離してくれなかった。それどころか、濡れた指先をそっと口に含むではないか。

「ああ、やめて……」

生温かい舌が指先を這いまわる。オナニーの愛蜜にまみれた指を、味わうようにねっとりとしゃぶられているのだ。性器を直接舐められるよりも、はるかに恥辱に満ちた行為だった。

「お義姉さんのラブジュースの味がします。どういうことでしょうね」

「や……う、嘘よ……そんな……」

弱々しい声で囁くのが精いっぱいだ。じわじわと追いつめられて、双眸に涙の粒が盛りあがる。

「忘れたのなら、思いださせてあげますよ。僕たちのセックスを見ながらオナニーしてましたよね」

ついに浩之の口から決定的な言葉が飛びだした。ストレートに指摘されて、言い逃れのしようがなかった。

「ひどい……気づいてたのね」

潤んだ瞳から涙が溢れだし、静かに頬を流れ落ちる。

いっそのこと幼子のように大声で泣き叫びたい。しかし、朋美を起こすわけにはいかないので懸命にこらえていた。

「ふふっ……覗きをするお義姉さんのほうが、ずっとひどいと思いますよ」

浩之は後ろ手に寝室のドアを閉めると、リビングの中央へと歩いていく。手首を握られたままの美佐子は、捕らえられた罪人のように重い足取りでついていった。

「したくてしたくて、たまらなかったんですね」

浩之がソファの前で振り返る。その目には意地の悪い光が宿っていた。

「なにしろ、覗きまでしてオナニーしちゃうくらいですからね。相当溜まってたんでしょう。性欲で狂いそうだったんですよね」

粘りつくような口調で責められる。美佐子はなにも反論できず、ただがっくりとうつむいていた。

「隠そうとしてもわかりますよ。本当は最初から期待して来たんですよね。顔に書いてありましたよ。わたし欲求不満なの、誰でもいいからオマ×コしてって」

浩之は卑語まで繰りだして、言いたい放題に揶揄してくる。さすがに黙っていられず、美佐子は涙で濡れる瞳に怒りを滲ませた。

「な、なにを言ってるのよ……いい加減にして」

「あれ、逆ギレですか？　僕たちのセックスを覗き見してオナニーしたくせに」

それを言われるとつらかった。欲望を抑えきれず、恥ずかしい行為に耽ってしまったのは紛れもない事実なのだ。

「素直になったらどうです。僕とセックスしたいんでしょう？」

「自惚《うぬぼ》れないで……」

「フッ……もう僕から離れられるわけがない」

浩之が薄笑いを浮かべながら迫ってくる。美佐子は頬をひきつらせて、思わず後ずさりしていた。

「大きな声は出さないほうがいいですよ。朋美ちゃんを驚かせたくなかったらね」

まるで脅し文句だった。弱みを握られたような気分になり、怯えきった瞳で見あげていく。

(まさか……浩之くんが、こんなことを……)

初めて会ったときの印象と、百八十度変わっていた。真面目な好青年だと思っていたのに、今では狡猾《こうかつ》な男に成りさがっている。義理の姉を欲望の対象にして、脅迫まがいの言葉を投げかけてくるのだ。

じりじりと後退しているうちに脚がソファにぶつかり、倒れこむように尻餅《しりもち》をついてしまう。あっと思ったときには、すぐ目の前に浩之の股間が迫っていた。

「や……離れて……」

拒絶の言葉とは裏腹に、視線をそらすことができない。リラックス状態で垂れさがった男根が、力強く屹立するシーンを想像していた。

「このチ×ポを忘れることができますか?」

男根を見せつけるように、浩之がさらに腰を突きだしてくる。微かに精液の匂いがして、女盛りの未亡人を切ない気持ちにさせていく。

(ああ、この匂い……欲しい)

美佐子の瞳はいつしかとろんと潤んでいた。目もとがぽうっと上気し、ごくりと生唾を呑みくだす。もう発情していることを隠しきれなかった。

「ほら、懐かしいでしょう。お義姉さんの大好きなチ×ポです。指なんかよりも、ずっと気持ちよくなれますよ」

浩之の声がねっとりと耳孔《じこう》に流れこんできた。

確かに女の悦びを知った身体は、手淫による絶頂では到底満足できない。むしろ自慰行為に耽ったことで、狂おしいほどに生の肉棒を欲していた。

「やめて……お願い……」

理性の力を総動員して、懸命に言葉を絞りだす。妹の伴侶である浩之と、これ以上過ちを犯すわけにはいかなかった。

「いいんですか？　お義姉さんの欲しがっていたモノはここにありますよ」

決して強要するわけではない。囁くような静かな口調で語りかけてくる。そうしながらペニスの根元を持ち、亀頭の先端を鼻先に突きつけてきた。

「や……ああ……」

すぐに顔を背ければよかったのかもしれない。しかし、気づいたときには、物欲しそうに唇が半開きになっていた。

「咥えてもいいですよ。今さら遠慮することないでしょ」

「い、いや……そんなこと……できない」

逡巡してみせるが、なぜか逃げようとは思わない。フェラチオしたときの感触がよみがえり、口内に唾液が溢れてくる。

(そんな、ダメ……ああ、でも……)

視線は尿道口に釘付けになり、またしても生唾を呑みくだす。卑猥な気持ちが膨れあがるが、わずかな理性が邪魔をして踏み切れない。

「大きくしないと挿《い》れられないよ。お義姉さん、どうします？」

浩之の意地の悪い言葉がきっかけとなった。強迫観念に駆られた美佐子は、ついに唇を大きく開いて男根にむしゃぶりついていた。

「もう我慢できない……あむううっ」

その瞬間、理性は跡形もなく粉々に砕け散った。

まるで飢えた獣のように、まだ柔らかいペニスをねぶりまわす。独特の生臭さに身震いを覚えながら、義弟の亀頭に舌を這いまわらせた。

(わたし、また……またいけないことしてる……朋美、許して)

罪の意識がなおさら興奮を煽りたてる。ジュルジュルと音をたてて吸引すると、男根が急激に膨らみはじめた。

「はむっ……ンンっ、ンむぅぅっ」

口内が巨大な肉で埋めつくされ、太さを増した茎胴で唇を押し返される。

「美味しいですか？　どうぞ好きなだけおしゃぶりしてください」

浩之は余裕綽々《しやくしやく》の態度だ。ペニスは瞬く間に芯を通して熱化するが、まるで鼻唄でも歌いだしそうな気軽な調子で声をかけてくる。

（わたしひとりで興奮して……ああ、恥ずかしい）

美佐子は己の貪欲さに赤面しつつも、夢中になって若い男根をしゃぶっていた。引き締まった臀部に両手をまわし、一気に喉奥まで呑みこんでいく。

「ンぐぅっ、おいひい……ンぐぐっ」

「おっ、これはなかなか……お義姉さん、フェラが上手くなりましたね」

浩之が何気なく放った言葉が、美佐子の胸に突き刺さる。会社の上司とも関係を持った後ろめたさがあるせいか、責められているような気がしてしまう。

そんな自分の気持ちを誤魔化すように唇をキュッと締めて、首をゆったりと前後に振りはじめる。寝室で朋美が寝ていることを忘れたわけではない。それでも口唇奉仕をやめることができなかった。

滾々と溢れてくる先走り液で喉を潤しながら、妹の夫のペニスを執拗にしゃぶり抜く。息があがって気が遠くなるまで、本能のままにフェラチオをつづけた。

「むはぁっ……ハァ……ハァ……」

鉄のように硬くなった剛根を吐きだし、唾液まみれの肉胴に指を巻きつける。手首を返してゆるゆると扱きつつ、潤んだ瞳で男の顔を見あげていた。

「いやらしい顔してますよ。欲しくなってきたんでしょう」

からかいの言葉をかけられて、肉茎を握る指に力をこめる。パジャマに包まれた身体は熱く火照り、パンティが張りついた股間はぐっしょりと濡れていた。

「ああ、もう……浩之くん、意地悪しないで……」

懇願するようにつぶやくが、浩之は身体に触れようとしない。それどころか、美佐子の前からすっと離れてしまう。

「お義姉さんが素直になれば、いくらでも気持ちよくしてあげますよ」

浩之は呆然としている美佐子の身体をソファの上に横たえた。そして手際よくパジャマとパンティを脱がしていく。

「やンっ……恥ずかしい……」

全裸に剥かれて、思わず羞恥に身をくねらせた。

いよいよ抱いてもらえるのではと内心期待するが、浩之はソファの裏から茶色の紙袋を持ちだしてくる。そして紙袋のなかから、妖しげな物体を取りだした。

「今日使おうと思って、買っておいたんですよ」

彼の右手に握られているのは、男根を模《も》した不気味な道具だった。どぎついショッキングピンクで、いかがわしいことこのうえない。

「な……なに、それ？」

「バイブですよ。大人のオモチャってやつです。バイブ、使ったことないんですか？　って言っても、僕も使うの初めてなんですけどね」

浩之はさも嬉しそうにバイブを見せつけてくる。

「やっ……」

美佐子は言葉を失い、思わず眉根を寄せていた。

鼻先に突きつけられたバイブは、ピンク色の表面を卑猥にヌメ光らせている。茎胴部分にはミミズのような血管がのたくっており、亀頭は巨大でカリも大きく左右に張りだしていた。

（こんな物を、朋美に内緒で……）

おぞましい淫具を、新婚家庭に隠し持っていることが信じられなかった。

「嬉しすぎて声も出ませんか？　お義姉さんが素直になれるまで、コイツがお相手しますよ」

浩之は唇の端をいやらしく吊りあげると、陰毛が繁る恥丘にバイブの先端を押しつけてきた。そして縦溝をねちねちとなぞるようにして、内腿の隙間にゆっくり滑らせてくるではないか。

「あンっ……ま、まさか……それを？　はンンっ」

ひんやりとする亀頭でクリトリスを擦られ、思わず小さな声が漏れてしまう。嫌な予感がこみあげるが、フェラチオで火照った身体は刺激を欲していた。

「もちろんそうですよ。他にどんな使い道があるんですか？」

蕩けきった女の源泉に、バイブの亀頭が押し当てられる。その瞬間、意志とは関係なく腰がビクッと跳ねあがった。

「あぅっ、待って、そんなの挿れないで」

懸命に懇願するが、浩之はまったく聞く耳を持たない。それどころか、美佐子の反応を楽しむように、少しずつバイブを埋めこんでくるのだ。

「あううっ、い、いや、バイブなんて……お願いだから……ンンンっ」

陰唇が押し開かれ、ショッキングピンクの亀頭がずっぷりと沈みこむ。途端に鮮烈な刺激が突き抜け、ソファの上で肢体が小刻みに痙攣した。

「ああっ、太い……ンああっ、擦れてる……ひっ……ひっ……」

「声が大きいですよ。朋美ちゃんが起きて修羅場になってもいいんですか？」

「だ、だって……はううっ」

美佐子は腰の両脇に置いた手で、ソファを強く握り締める。懸命に声をこらえようとするが、その摩擦感はあまりにも強烈すぎた。身体は心を裏切り、徐々に下肢が開いてしまう。

「バイブも気持ちいいみたいですね。じっくり可愛がってあげますよ」

さらにバイブを押しこまれる。そして砲身全体が膣内に収まると、間髪入れずにスイッチが入れられた。

「ンくううッ、そんな……ひンンッ、こんなのいや、ひむううッ」

嚙み縛った唇の隙間から、こらえきれない喘ぎ声が溢れだす。

不気味なモーター音とともに、バイブ全体が細かく振動をはじめたのだ。同時に胴体部分がグネグネとくねり、大きく張りだしたカリが膣壁を抉りまくる。本物のペニスではあり得ない動きで、強制的に快感が送りこまれてきた。

「くううッ……ひッ……ひうッ……動いてる、動いてっ、あひううッ」

迸りそうになるよがり啼きを、必死の思いで抑えこむ。こんな姿を妹に見せるわけにはいかなかった。

しかし、異物を挿入されたおぞましさより、肉が蕩けるような愉悦のほうがはるかに勝っている。妹に見つかりそうな恐怖のなかで、腰が艶めかしく揺らめきだす。陰唇は卑猥に蠢いて、バイブの根元に絡みついていた。

「いや、許して……ひッ、ひッ、あくううッ、こんなの初めてぇっ」

「そんなにいいんですか？　この様子だとすぐにイッちゃいそうですね。お義姉さん、どうです、そろそろ素直になれそうですか？」

浩之はバイブを抜き差しして、女の性感帯をこれでもかと掘り返す。濡れそぼった媚肉を摩擦しながら、たわわに実った双乳に手を伸ばしてきた。

「ンううっ、いや……あッ、ンンッ、浩之くんっ」

乳房を揉みくちゃにされた挙げ句、乳首に吸いつかれる。舌で転がされると瞬く間に尖り勃ち、さらに前歯で甘噛みされて快感電流が突き抜けた。

「ンひううッ、も、もう……ひンンンッ、もうダメぇっ」

「イクんですか？　お義姉さん、もうイキそうなんでしょ？」

執拗に尋ねられて、思わずガクガクと頷いてしまう。すると浩之はバイブの振動を強くしたうえで、いよいよ激しく抉りたててきた。

「くううッ、あひうッ、そんなにされたら……ひッ……ひンンッ」

いつしか脚が大きく開いて、ソファに横たえられた裸身がのけ反っていく。股間を突きだすように腰をしゃくりあげながら、はしたなくバイブを奥まで咥えこもうとする。そして強く押しこまれた瞬間、ついに目の前が真っ白になった。

「うくううッ、そんな、そんなもので、ひンンッ、すごくいいっ、ううッ、もうおかしくなる、ひううッ、イクっ、イクうううッ!」

汗だくの裸身が感電したように痙攣して、激しいエクスタシーの大波に呑みこまれる。それは、オナニーでは決して味わえない強烈な愉悦だった。

ようやく浩之の手でアクメを与えられた。

しかし、バイブを引き抜かれると、なんともいえない寂しさに襲われる。下腹部を埋めていた物がなくなり、急に物悲しい気持ちがこみあげた。

「ああ……ひ、浩之くん……」

「素直に言ってください。どうして欲しいのか」

浩之がバイブの先端でクリトリスをいじりながら尋ねてくる。絶頂の余韻で痺れきった身体が、ヒクヒクと小刻みに波打っていた。

(もうダメ……我慢できない……)

飲み過ぎたワインのせいにすればいい。そう自分に言い聞かせて、美佐子は潤んだ瞳でつぶやいた。

「お願い……バイブじゃなくて……」

言い終わると同時に、腰を艶めかしく捩らせる。この状態で放りだされたら、昂ぶった情欲を鎮める術はない。もう、オナニーで満足できるはずがなかった。

「ふふっ……お義姉さん、いやらしいですね。イッたばかりなのに、もう欲しくなったんですか？」

浩之は薄笑いを浮かべながら、ソファの前に置かれているテーブルを押して移動させる。そして全裸で絨毯の上に仰向けになり、天を衝く勢いで屹立したペニスを誘うように揺らすのだ。

「欲しかったら自分で挿れるんです。無理やりするのは趣味じゃありません。お義姉さんがしたければ、ご自由に繋がってもらって構いませんよ」

「ひどいわ……そんなの、あんまりよ」

あくまでも美佐子が自分の意志でセックスするという形にしたいらしい。

それは朋美に見つかったときの保険というより、美佐子の心を支配するための儀式と思ったほうがいいだろう。

(ダメよ、本当に……もうやめないと……)

頭の片隅ではわかっている。しかし、美佐子の熟れきった肉体は逞しい肉柱を欲していた。バイブではなく、血の通った生の肉棒が欲しかった。

ソファからふらふらと立ちあがり、仰向けになった浩之に歩み寄る。

美佐子を突き動かしているのは、泣きたくなるような焦燥感だ。独り身の寂しさと肉体の疼きが、精神のバランスを崩していた。

乳首を尖らせた乳房が揺れている。媚びるように腰を捩らせて、剝きだしの双臀を誘うようにぷりぷりと振っていた。

「や……そんなに見ないで……」

浩之の熱い視線を感じて、思わず裸身を抱き締める。

ここで拒絶しても無理やり犯されることはないだろう。その代わり、欲情して火照った身体を持て余すことになる。誰にも慰めてもらえずひとり暮らしのマンションに帰り、虚しくオナニーに耽るしかない。

(いや……そんなの……。浩之くん、して……)

美佐子は泣き顔で下唇を嚙み締めると、早く慰めてとばかりに視線を送った。

「綺麗ですよ。お義姉さんの身体」

浩之の言葉に赤面して、熟れた裸体をくねらせる。そして手招きされるまま、男の腰をまたいで膝立ちになった。

「こんな格好させるなんて……あっ」

亀頭の先端が恥裂に触れて、思わず小さな声が溢れだす。朋美に聞かれることを恐れ、反射的に口を両手で覆っていた。

「騎乗位はお好きですか？　奥まで挿れていいですよ」

浩之が薄笑いを浮かべて挿入をうながしてくる。

自分が上になってセックスした経験など一度もない。そういう体位があるのは知っているが、娼婦のように淫らな行為だと思っていた。

「セックスしたくないなら、今日はやめておきますか」

躊躇していると、浩之が意地の悪い言葉を投げかけてくる。もちろん、美佐子がやめられないとわかっていながら、わざと言葉で苛めてくるのだ。

(自分からなんて……そんな、はしたないこと……)

考えただけでも激烈な羞恥に襲われる。それでも中断するという選択肢は、まったく頭に浮かばなかった。

美佐子は左手を男の腹筋に突き、右手でペニスの根元を掴んだ。そして位置を調整しながら、ゆっくりと腰を落としはじめる。

「あぅっ……は、入ってくる……ンっ、ンンっ」

亀頭が泥濘《ぬかるみ》に沈みこみ、眉が困ったような八の字に歪んでいく。熱い肉の塊が体内に進入してくる衝撃で、下肢がブルブルと小刻みに痙攣した。

(これよ……ああっ、これが欲しかったのっ)

さらに膝を折り曲げて、逞しい男根を迎え入れる。一気に根元まで呑みこみ、膣襞を擦られる快感にのけ反った。

「あううッ……やっと……ああンっ」

痙攣が全身にひろがり、まるで感電したように産毛が逆立ちはじめる。股間がぴったりと密着したことで、空虚感がようやく埋めつくされた。

「喘ぎすぎには注意してください。朋美ちゃんに見つかったらお終《しま》いですよ」

浩之はどこか楽しげにつぶやきながら、熟れたヒップに両手をまわしてくる。そして尻たぶを揉みしだき、騎乗位で結合した女体を前後に揺さぶってくるのだ。

「あっ……あふっ……だ、ダメ……あンンっ」

バランスを崩しそうになり、男の胸に両手を突いて身体を支える。尻たぶを強くマッサージされることで肉棒が出入りし、蕩けそうな快美感がひろがった。

「そんなに動かさないで……ああっ」

「声が出てますよ。いいんですか、バレても」

朋美に知られたら自分も困るはずなのに、浩之は涼しい顔で責めたててくる。ヒップを揺さぶるだけではなく、真下から腰を突きあげはじめたではないか。

「ひっ……ンっ……ンっ……そ、それ、強い、ひンンっ」

懸命に声をこらえようとするが、膣襞を擦られる快感は強烈だ。散々待たされた後だけに、肉の愉悦は驚くほどの速度で膨張していた。

「お義姉さん、今日はなかに出してもいいですか？」

「なにを言ってるの、それだけはダメよ……あふンっ、と、朋美を裏切れない」

なし崩し的にセックスしてしまったが、浩之の精液を子宮で受けとめるわけにはいかない。妹の夫になった浩之と、これ以上深い関係になるのは危険すぎる。その一線を越えてしまったら、際限なくどこまでも堕《お》ちていくような気がした。

「今さらいい子ぶるのはやめましょうよ。さっき見てましたよね。朋美ちゃんのなかに出すところ」

浩之の言葉で思いだす。朋美は精液を注がれて絶頂に昇りつめていった。あの瞬間、美佐子は自分の姿を重ねながらオナニーで達したのだ。

「本当はお義姉さんも中出しされたいんでしょう？　熱くて気持ちいいですよ」

まるで心を見透かしたように、浩之が薄笑いを浮かべながら囁いてくる。こうしている間も、腰はリズミカルに突きあげられていた。

「あっ……あっ……許して、それだけは……あンンっ」

言葉では拒絶しながらも、心の片隅では欲している。熱い迸りを身体の奥で受けとめたいと、膣襞が卑猥な蠕動《ぜんどう》を繰り返していた。

「くっ、締まってきましたよ。お義姉さんのオマ×コ」

浩之がわざと卑猥な言葉を囁き、腰の動きをさらに激しくする。濡れそぼった蜜壺を掻きまわされて、蕩けるような快美感がひろがった。さらに両手を乳房に伸ばして下から揉みあげながら、ときおり乳首をキュッと摘みあげるのだ。

「ひうっ、やンっ、声が出ちゃう」

「そんなこと言いながら、乳首はこんなに硬くなってますよ。ほらっ」

「あひっ、乳首……はうっ、感じすぎるから……はンっ、ンンンっ」

快感がどこまでも膨れあがる。初めての騎乗位にもかかわらず、気づいたときには自ら腰を振っていた。はしたないと思っても、もうとめられそうになかった。

「あううっ、お願い……あっ……ああっ、お願いっ」

自分でもなにを言っているのかわからない。とにかく、この焦燥感をどうにかしないと気が狂ってしまいそうだ。

「声は我慢してください。朋美ちゃんに嫌われたくなければね」

浩之の突きあげがスピードを増し、ヌチャヌチャという卑猥な音がリビングに響き渡る。朋美が起きてきそうで恐ろしいが、身体は確実に反応していた。

「あっ、あっ、すご……はううっ、い、いいっ、濡れちゃう、ンンンっ」

「ううっ、僕も気持ちいいですよ。お義姉さんのオマ×コ、すごく締まってます」

「もう……あひっ、もうおかしくなる、朋美がいるのに……くううっ」

急激に絶頂感が押し寄せてくる。美佐子は奥歯を食い縛り、喘ぎ声を懸命に押し殺した。そうしながらも腰をしゃくりあげて、より深い快感を得ようとする。

「ンひっ、すごい、奥まで来てるの、ンああっ」

自分の体重がかかっているため、亀頭がかなり深くまで突き刺さっていた。いきり勃った男根の先端が、子宮口を圧迫しているのだ。

「当たってるのわかりますか？　ほら、チ×ポが子宮に入っちゃいそうですよ」

「ひンンっ、子宮まで感じるっ、あふっ、ンっ、ンンっ、朋美、許してぇっ」

可愛い妹の顔を思い浮かべて許しを乞う。そうしながら、逞しい肉茎をこれでもかと締めつけた。

もうなにも考えられない。両手の爪を男の大胸筋に食いこませて、本能のままに腰を振りたてる。膣襞がザワザワと蠕動し、男根をさらに奥へと引きこんでいく。

「くぅっ、お義姉さん、そんなに腰を振ったら……うぐっ」

浩之も苦しげに呻き、ブリッジするように男根を突きこんでくる。亀頭が子宮口を押しあげて、凄まじいまでの快感が突き抜けた。

「ンンッ、こ、壊れちゃうっ、ひンンンッ」

「もう我慢できない、お義姉さんっ、出しますよっ……くうううううッ！」

膣奥に埋めこまれたペニスが激しく脈動し、熱い迸りが注ぎこまれる。途端に閃光のように鋭い快美感が全身を貫いた。

「あううッ、なかはダメぇっ、あンンッ、熱いっ、こ、声が、ひむううッ、狂っちゃう、もう、イク、イクイクっ、ひむうぅぅぅぅぅぅぅッ！」

妹の夫に中出しされる背徳感が、禁断のオルガスムスとなって駆け巡る。美佐子は肉欲に負けて腰を振りたくり、膣の奥で最後の一滴まで受けとめた。

（もう……地獄に堕ちるわ……朋美、ごめんなさい……）

なにかが大きな音をたてて崩れていく。

悪魔的な快楽の虜《とりこ》になったのは美佐子だけではない。浩之も人が変わったように荒い息を撒《ま》き散らし、ドロドロの蜜壷をいつまでも突きつづけていた。

第六章　離れられない

1

「お姉ちゃん、ヒロくんが浮気しないように監視しててね」

朋美が冗談めかして微笑みかけてくる。マタニティウェアを着ているせいか、以前よりも表情が柔らかくなったような気がした。

「なに言ってるの。浩之くんに限って大丈夫よ。もうすぐ可愛い赤ちゃんに会えるんだから。まさか浮気なんて……」

美佐子も笑みを返すと、妹の大きくなったお腹に視線を移す。あまりにも後ろめたくて、とてもではないが目を見て話すことができなかった。

東京駅のホームは、平日の昼間ということで思いのほか空《す》いていた。今日は休暇を取り、出産のために里帰りする朋美を見送りにきたのだ。

予定日は一ヵ月後、どうやら逆算するとハネムーンベビーらしい。出産後もさらに一ヵ月ほど静岡の実家でゆっくり過ごすことになっている。つまり東京に戻ってくるのは約二ヵ月後という母体にやさしい日程だ。

「でもさ、お姉ちゃん。見送りに来てくれたのは嬉しいんだけど、会社休んでホントに大丈夫だったの？」

有休を使ったと口を滑らせたので、余計な気を遣わせてしまった。

確かに当然の権利とはいえ、有休の申請は気が引ける。しかし、わざわざ休みを取ったのは、じつは妹のためだけではなかった。

夫が亡くなってから有休を使うのは初めてだ。休暇の申請をしたとき、堂島はずいぶん驚いた様子だった。もしかしたら、仕事だけが生き甲斐の女と思われていたのかもしれない。

だが、最近は集中力を欠いており、以前ほど完璧なマーケティングができていなかった。堂島のフォローに甘えていた部分もある。親しく会話することはなくなったが、堂島はそれとなく美佐子を気遣ってくれていた。

「余計な心配しないの。あなたは元気な赤ちゃんを生むことだけを考えなさい」

「はーい。二十七になったのに叱られちゃった」

朋美がおどけた様子で舌を覗かせた。

出産を間近に控えて、少しテンションがあがっているようだ。期待と不安が入り混じっているのかもしれない。美佐子も落ち着かない気持ちになり、思わず朋美の手を握り締めていた。

「朋美……しっかりね」

「やだなぁ、お姉ちゃん、おおげさだよ。わたしまで緊張しちゃうじゃない」

朋美は生来の明るさで笑い飛ばした。

傍目《はため》には仲のいい姉妹に見えるだろう。しかし、美佐子の胸中は複雑だった。妹のお腹のなかには浩之の子が宿っている。そのことを考えると、どうしても妬ましい気持ちになってしまう。

そこに浩之が白いビニール袋をぶらさげて戻ってきた。新幹線で里帰りする朋美のために、駅弁を買ってきたのだ。

「朋美ちゃん、飲み物はウーロン茶でいいよね」

満面に笑みを浮かべて、弁当の入った袋を得意げに持ちあげてみせる。

「美味そうなのばかりだから迷ったよ。しっかり食べて、元気な子を生んでもらわないとね。赤ちゃんのために刺激の少なそうな弁当を選んでおいたから」

「あっ、ヒロくん、わたしじゃなくて赤ちゃんのほうが大事なんだ。ふうん」

「そ、そんなことないって。朋美ちゃんのことも、ちゃんと考えてるって」

朋美がわざと拗《す》ねてみせると、浩之が慌てて取り繕う。お腹の大きい妻を気遣う夫の姿は、幸せを絵に描いたような新婚夫婦の光景だ。

(やっぱり……二人は夫婦なのね……)

美佐子は無理に微笑みを浮かべて、二人のことを眺めていた。

「お姉ちゃん、わたしがいない間、本当にヒロくんのことよろしくね。なんか心配なんだ。悪い女にコロッと騙されそうで」

朋美は先ほどと同じような言葉を繰り返す。おどけた調子だが、本当はなにかを感じているのかもしれない。

「ええ……」

美佐子は頬をひきつらせながら頷いた。

(まさか、バレてるなんてことは……)

朋美はのんびりしているようで、意外と勘の鋭いところがある。どうやら浩之の行動に疑念を抱いているような節があった。

とにかく、どんなことがあっても絶対に知られるわけにはいかない。美佐子は気持ちを引き締めると懸命に微笑んだ。

「わたしにまかせておいて。旦那さまの監視をしっかりしておくから」

上手く答えることができたと思う。だが、作り笑顔の裏には、どす黒い嫉妬がドロドロと渦巻いていた。自分でも醜いと思うが、暴走をはじめた感情を抑えることはできなかった。

浩之との関係は秘かにつづいていた。

誰かに目撃されるのを警戒して、外で会ったことは一度もない。逢瀬《おうせ》は必ず妹を交えた三人で、どちらかのマンションと決めていた。そのほうが却《かえ》って疑われないと考えたのだ。

妹の目を盗んでお互いの肉体に溺れ、背徳的な快楽を貪った。朋美が風呂に入っているときや、先に寝てくれたときが狙い目だ。声を出せない異様な興奮とスリルに酔って、ますます禁断の肉交にのめりこんでいった。

ホームにアナウンスが流れた。

いよいよ新幹線の発車時刻が迫ってくる。と、そのとき、ふいに朋美が耳打ちをしてきた。

「ヒロくんって、お義兄《にい》さんにちょっと似てると思わない？」

さりげなく言っているが、最初からそう思っていたのかもしれない。やはり朋美も、浩之に篤史の姿を重ねていたのだ。

電話で初めて結婚の報告を受けたときの、朋美の心配そうな声がよみがえる。

——それとね、会う前に……ううん、やっぱりいいや。

あのとき途中まで言いかけてやめたのは、このことだったのではないか。漠然とした不安を抱いていたのかもしれない。しかし、今頃になってそれを言うのは、浮気を疑っての牽制《けんせい》ということも考えられる。

新幹線に乗りこむ妹の後ろ姿を見つめながら、美佐子は思わず身震いした。

発車のメロディがホームに響き渡る。浩之は名残惜しそうに、妻の顔を窓越しに見つめながら歩いていく。

新幹線がホームを離れる。美佐子は最後まで笑顔を保ち、最後尾の車両が見えなくなるまで手を振った。

朋美が帰郷した。戻ってくるのは早くても二ヵ月後……。

ホームに残された美佐子と浩之の視線が重なった。二人の瞳の奥には、妖しい情念の炎が揺らめいていた。

2

約一時間後、美佐子は妹夫婦のマンションにいた。

妹の居ないリビングは、どこか今までと空気が違うような気がする。ねっとりと肌に絡みつくようで、なんともいえない息苦しさを感じた。

「義姉《ねえ》さん、やっと二人きりになれたね」

背後に立った浩之の声が粘ついている。両肩にそっと手が置かれた。

「あの子、もしかしたら気づいてるかもしれないわ」

美佐子は漠然とした不安を隠すことなく口にする。朋美の言葉の端々に、夫の浮気を疑う様子が感じられた。

「ふうん……だから？」

「だからって……」

浩之は驚くほど無関心だ。実際に義姉と肉体関係を持っているというのに、まったく動じる様子はなかった。

駅のホームでの仲睦まじい様子は演技だったのだろうか。いや、そうではないと思う。浩之はそこまで器用で狡賢《ずるがしこ》い男ではない。朋美に対する気遣いは、決して芝居ではなかったと思う。

朋美を愛していることに嘘偽りはない。二人きりのときは良き夫なのだろう。しかし、美佐子を前にすると肉欲が勝ってしまうのだ。

肩に触れている手のひらが、二の腕にさがってくる。そしてシャツの胸もとにまわりこみ、双つの膨らみをねっとりと揉みはじめた。

「おっぱいが張ってるね。興奮してる証拠だ」

「あンっ……いけないわ……」

制するようにつぶやき、胸をいじる手に自分の手のひらを重ねていく。だが、浩之がやめるはずもなく、シャツのボタンを上から順に外してしまう。あっさり前を開かれて、ブラジャー越しに胸を摑まれた。

「はああンっ……待って。もう、終わりにしましょう」

「僕、もう我慢できないよ。義姉さん、いいだろう?」

耳もとで囁く声は情熱的で、盛りがついたように息が荒くなっている。

妊娠中の朋美とはセックスの回数が減っていたらしく、浩之はあきらかに欲求不満だった。もちろん、たまにしかできない美佐子も欲望を溜めこんでいる。有休を取った時点で、こうなることを心のどこかで期待していた。

とはいえ、妹が里帰りした直後に、夫婦のマンションでするのは罪悪感が強すぎる。このままでは本当に破滅してしまうような気がした。

「やっぱり、朋美に悪いわ……浩之くん、もうこんなことは……」

掠れた声で告げるが、浩之をとめることはできない。ブラジャーのカップを押しあげられ、柔らかい乳房がプルルンッと露出した。

「ああンっ、ダメなの……しないで、あふううンっ」

十本の指が双丘を揉みしだき、美佐子を切ない気分にさせていく。爪の先でなだらかな曲線をなぞられて、乳輪の周囲を掃くようにくすぐられる。懸命に声をこらえようとするが、どうしても腰が揺れてしまう。

「や……やめて……はンンっ……せめて、どこか別の場所で……」

「もう無理だよ。ほら、僕もうこんなになってるんだ」

背後から浩之が身体を密着させてくる。尾骨のあたりに硬い物が当たっているのを感じ、妖しい期待感がむくむくと頭をもたげてきた。

（ああ、すごく硬い……でも、ここでは……）

これまでも朋美を裏切りつづけてきたが、留守中の自宅にあがりこんでの密通はさすが気が引ける。なぜ美佐子のマンションに直行しなかったのか、今さらながら後悔の念が胸のうちにひろがった。

「義姉さん、キスしようよ」

耳孔に熱い息を吹きこまれ、背筋がゾクッとして腰がくねる。その間も指先は繊細に蠢いており、乳輪だけをじっくりとなぞっていた。

「ンンっ……し、しないわ……いけないの、わかるでしょう？」

思わず義弟の唇にむしゃぶりつきたくなるが、理性の力でなんとか抑えこむ。だが微かにヒップを突きだし、尾骨で硬直したペニスを感じていた。

「口では強がっても、身体の方は欲しがってるみたいですね」

浩之の愛撫は憎らしいほどに巧みだった。

執拗に乳輪をいじりまわして、ねちねちと焦らし抜く。そして先端にはいっさい触れることなく、柔肉をこってりと揉みまくるのだ。そうやって散々遠回りしてから、ようやく頂点で揺れる乳首を摘まれた。

「ひあアンッ……そ、そこは、あううッ」

快感が熱風のように全身へとひろがり、思わず艶っぽい声が溢れだす。乳頭はこれでもかと尖り勃《た》ち、血を噴きそうなほどに充血している。身体を重ねるたびに感度がアップし、どんどん淫らな女になっていくような気がした。

勃起した乳首を指の股に挟まれ、乳房をしつこく捏ねまわされる。同時に顎を掴まれて、強引に背後を向かされた。

「浩之くん、やめて……はむンンっ」

唇を奪われた途端、全身から力が抜けていく。乳首を刺激されながらのキスはあまりにも甘美で、無意識のうちに舌を絡め合っていた。

(ああ、抵抗できない……キスされると弱いの……)

理性がどろりと溶けはじめている。唇を許したことで、すべてがなし崩しになってしまう。気づいたときには濃密なディープキスへと発展していた。

「あふっ……ダメなのに……あふうンっ」

言い訳のように繰り返すが、肉体は情欲に流されている。義弟の唾液を嚥下するたび、子宮が期待にわななくのがわかった。

「義姉さんの口、すごく美味しいよ。もっと気持ちいいことしようか」

顎を掴んでいた浩之の手が、下半身へと移動した。ストッキングの太腿を撫でられて、タイトスカートのなかに滑りこんでくる。じりじりと這いあがり、指先が股間へと向かってくるのがわかった。

「あ……ああ……もう許して、これ以上は……」

顎から手を離されても、背後を向いて浩之の目を見つめつづける。美佐子の瞳は熱く潤み、頬がほんのりと上気していた。

ストッキングに浮いたパンティラインをなぞられただけで、艶っぽい溜め息が溢れだす。身体は浩之の愛撫を完全に覚えていた。数ヵ月に及ぶ秘密の関係で、すっかり慣らされてしまったらしい。

今となっては、亡夫の顔もほとんど思いだすことがなくなっていた。

恋人ができたのなら、篤史の墓前できちんと報告するべきだろう。しかし、妹の旦那が相手となると、ただただ後ろめたさだけが募ってしまう。

（わたし、いつからこんな女になったのかしら……）

あれほど愛していた夫のことを忘れ、許されない関係に溺れている。仕事にも身が入らないほどの肉欲を抱えて悶々とする毎日……。いけないことをしているからこそ燃えあがる。これは愛でも恋でもない。ただの不倫にすぎなかった。

（わかってる……わかってるけど、やめられないの……）

立ったまま乳首を摘まれて、ストッキング越しに恥丘の縦溝をなぞられる。美佐子はセミヌードに剝かれた身体をのけ反らし、背後の浩之にもたれかかるようにして四肢をヒクつかせた。

「義姉さんもたまらなくなってきたみたいだね」

浩之が口もとに笑みを浮かべながら囁きかけてくる。美佐子の性感が昂ぶっているのを見抜いていながら、わざと焦らすような愛撫に終始していた。

「ああンっ、そんな……浩之くん……いやン」

甘えた鼻声を漏らして内腿を擦り合わせるが、下腹部の奥で燻る欲情の火種を消すことはできない。すると薄笑いを浮かべた浩之の手でスカートがおろされる。ストッキングに包まれた下半身が露わになり、羞恥と期待が煽られていく。

「いや……お願い、脱がさないで……」

「本当は脱がしてほしいんでしょう。それともセックスしたくないのかな？」

浩之はストッキングのウエストに指をかけて、じわじわとおろしはじめる。途中からパンティもいっしょに腰骨から剝きおろす。そして恥丘の膨らみに繁る陰毛が露出する寸前、なぜか急にぴたりと動きをとめた。

（ああ、脱がすのなら……早く……）

指先は下腹部をくすぐるように這いまわるが、決して陰部には触れてこない。美佐子は無意識のうちに腰をくねらせて、恨めしそうな瞳で背後を振り返った。

ける。焦らすだけ焦らして、それ以上の刺激は与えてくれないのだ。

「こんなのって……あっ……あっ……いやンンっ」

「本当にいやなの？　嘘をついてたらお仕置きだからね」

浩之の手が再びストッキングとパンティにかかり、今度こそつま先から抜き取られた。もっさり繁った陰毛が剝きだしになり、思わず情けない内股になる。シャツとブラジャーも奪われて、ついに一糸纏わぬ全裸にされてしまった。

「やっ、見ないで……ああっ、許して……」

身を捩る美佐子の正面に、浩之がまわりこんでくる。そして奪ったパンティを目の前で裏返し、女性器に接地していた船底を見せつけてきた。

「濡れてるよ。ほら、義姉さんのオマ×コに触れてた部分がヌルヌルになってる」

「いやぁ、言わないで……もう、苛めないで……」

濡れているのは気づいていたが、面と向かって指摘されるのは恥ずかしい。妹への罪悪感は膨らむ一方なのに、身体はこれほどまでに欲情している。己のあさましさを見せつけられたようで、羞恥に全身が火照りだす。

「ね、ねえ……浩之くん……」

呼びかけても浩之はにやけるだけで、臍から恥丘にかけてを延々と指先で掃きつづ浩之も服を脱ぎ捨てて全裸になり、真正面から抱き締めてくる。すでに屹立している男根が、下腹にグイグイと押しつけられた。

「あ、やめて、お願いだから……はンンっ、あふっ……ああっ」

むちむちのヒップを両手で抱えこまれて揉みまわされる。やがて右手が臀裂をなぞるようにしながら、股間へと潜りこんできた。恥裂をそっと掃かれると、それだけで腰に痙攣が走り抜ける。膝が今にもくずおれてしまいそうだ。

「すごく蕩けてるよ。素直になれない義姉さんは、やっぱりお仕置きだね」

膣口を探り当てられたかと思うと、容赦なく指が沈みこんできた。途端に蜜汁が溢れだし、たまらない快感が全身を包みこむ。

「あううッ……だ、ダメっ、指、挿《い》れたら……あああッ」

「義姉さん、自分に正直になりなよ。本当はしたいんでしょう？」

膣に指を挿れられたまま歩かされる。リビングから夫婦の寝室へと移動し、ダブルベッドへと誘導された。歩を進めるたびに快美感がひろがり、指を抜かれると同時に力尽きたように倒れこんだ。

「あンっ……まさか……ここで？」

白いシーツの上に仰向けになり、怯えた視線で室内を見まわした。

すぐ近くにあるが決して足を踏み入れることのできない場所。いつも目にしている絵画のなかに迷いこんだような心境だ。妹夫婦の寝室というのは、美佐子にとってそんな特別な場所だった。

夫婦がお互いの愛を確認するはずの閨房《けいぼう》で、自分と浩之が本能のままに肉欲を貪り合う。それは妹の気持ちを踏みにじる行為だ。しかし一方では、その瞬間を想像するだけで、身震いするような暗い興奮が湧き起こった。

「わかるよ、義姉さん……。僕も同じ気持ちだから」

浩之は妙に平坦な声でつぶやくと、クローゼットから鈍い光を放つなにかを持ってきた。そして美佐子をうつ伏せに転がし、いきなり両腕を捻りあげる。

「僕からのプレゼント、手錠だよ。これで無理やり犯されたって言い訳ができるだろう？　それに義姉さんは苛められるのが大好きだからね」

「やだ、ちょっと……手錠なんて」

手首に触れる冷たい感触にゾッとした直後、ガチャッという不気味な音が響き渡った。信じられないことに、後ろ手に手錠をかけられてしまったのだ。

慌てて力をこめるが、チェーンが不気味な音をたてるだけで動けない。身を捩って仰向けになると、浩之が血走った目で見おろしていた。

「もう逃げられないよ。義姉さんは僕の言いなりになるしかないんだ」

「ああ、そんな……いやよ、逃げたりしないから……お願い……」

懇願しても決して許してもらえない。嗜虐《しぎゃく》的な一面を持つ浩之のことだ。おそらく膨れあがった性欲を満足させるまで、嬲《なぶ》り抜かれるに違いなかった。

（わたし……また、犯されるのね……）

その瞬間を想像するだけで、秘めたる被虐願望が疼きはじめる。

美佐子は無意識のうちに艶っぽい吐息をつき、物欲しそうに腰を捩らせた。その潤んだ瞳は、いやでも義弟の男根に吸い寄せられてしまう。どうせ逃げられないのなら、一刻も早く逞しい男根で貫いて欲しかった。

（したい……今すぐ……）

美佐子は恥ずかしげに目もとを染めながら膝を立てると、誘うようにゆっくりと左右に開いていった。

浩之が目を血走らせて、無言のままベッドにあがってくる。息を荒げながら覆い被さり、いきなり青筋を浮かべた男根を突き立ててきた。

「あああッ、浩之くんっ、そんな奥まで……ンひああッ」

欲望を溜めこんだ肉塊が、媚肉のなかにズブズブと沈みこんでくる。猛烈な快美感が湧きあがり、無我夢中で義弟の身体に下肢を巻きつけた。

「くううっ……これが欲しかったんですよね。義姉さんっ」

根元までずっぽりと挿入されて、正常位で身体を密着させる。求めていた一体感が二人を包みこみ、至福の悦びが押し寄せてきた。

「あううッ、浩之くんっ、これ……あッ、ああッ、これよ、い、いいっ」

「僕のチ×ポが、義姉さんのオマ×コのなかに……くううっ」

どちらからともなく腰を振り、性器と性器を擦り合わせる。抽送のたびに淫蜜が弾け飛び、卑猥な牝臭がひろがった。

「うああッ、擦れる、あひいッ、すごく擦れてるのっ、ンひあああッ」

あられもないよがり啼きが迸る。妹夫婦の寝室で手錠をかけられてセックスする背徳感が、異様なまでの興奮を生みだしていた。

美佐子はお漏らしをしたように濡らしており、浩之のペニスは破裂しそうなほどに勃起している。許されない行為をしているからこそ、破滅と背中合わせの激烈な愉悦を感じることができるのだ。

いつも朋美が近くにいたので声を抑えていた。それはそれで刺激的だが、どんなに喘いでも大丈夫だと思うと、その解放感だけで快感が大きくなる。

「ひいッ……ひいッ……もっと……あああッ、もっとよ」

はしたないなどという感情はとうに捨て去った。美佐子は自ら腰をしゃくり、より深く男根を受け入れようとする。ただ純粋に快楽だけを求めていた。

「手錠を嵌《は》められて犯されるのが興奮するんですね……ううう
っ、義姉さんっ」

浩之も獣のように呻きながら、激しく腰を叩きつけてくる。お互いに感じる部分を擦り合わせて、いやらしく腰を振りたくった。

「ひううッ、すごいっ、ひいッ、あひいッ、浩之くんっ」

とてもではないがじっとしていられず、義弟の腰の後ろで足首を交差させる。両手を使えないのがもどかしいが、その不自由さが新たな快感を生みだしていた。

「あああッ、たまらない、お願い、キスして……あっ、あああっ、早く」

「おねだりですか？　僕の唾液を呑むのが好きなんですね」

「ああンっ、そうよ、お、犯されながらキスされるの、好き……あむううっ」

乳房を押し潰すように身体を密着させて、ディープキスで唇を奪われる。舌と舌をねっとりと絡ませると、お互いの唾液を交換して呑みくだす。それだけで興奮が高まり、男根をギュルギュルと締めあげていく。

「うむっ、ね、義姉さんっ、すごいよ、吸いこまれるみたいだ」

「ひむううっ、むはぁっ……も、もう、わたし、あああッ、もうイキそうっ」

「くっ、そんなに締められたら……僕もっ」

浩之が猛烈な勢いで男根を抽送させる。性器が溶け合ったような一体感のなか、美佐子は歓喜の涙を流して、手錠をかけられた両手を強く握り締めた。

「ううっ、出るっ……出るよっ、ぬおおおおッ！」

根元まで穿ちこまれた男根が激しく脈打つ。先端から煮えたぎった粘液が勢いよく噴きだし、子宮口を次々と打ち抜いた。

「あひぃぃッ、すごいっ、あああッ、気持ちいいっ、熱いのがいっぱい、わたしのなかに、あひあああッ、もうイクっ、イッちゃううううッ！」

鮮烈な快感電流が脳天まで突き抜けて、腰に小刻みな痙攣が走り抜ける。宙に放り投げられたような感覚に襲われ、必死に両脚を浩之の腰に巻きつけた。

膣奥にたっぷり中出しされたことで、背徳感はより大きくなる。大量のザーメンが子宮内をドロドロに埋めつくしているのだ。下腹部が灼《や》け爛れたように熱くなり、気が狂いそうな法悦がひろがっていた。

（ああ……もし、わたしが妊娠したら……）

実際にはピルを飲んでいるので妊娠することはない。しかし、万が一の事態が起こったとき、浩之はどう対処するのだろう。そんなことを考えてしまうのは、朋美の妊娠が頭にあるからに違いない。

　罪悪感は日を追うごとに濃くなっていた。妹から浩之を奪おうなどとは微塵も思っていない。ただ、今だけは彼を独占していたかった。

（朋美、許して……今日で最後にするから……）

　もう別れたほうがいい。これ以上、妹を裏切りたくない。そう思いながら、これまでずるずると関係をつづけていた。

「義姉さん……もう一回、いいでしょう？」

　折り重なって荒い息を吐いていた浩之が、女体を抱き締めて仰向けになる。

　挿入したままのペニスは一度精を放っているにもかかわらず、鉄のような硬度を保っていた。膣にずっぽりと埋まっており、カリが媚肉に食いこんでいるのだ。

「あううっ……な、なにを？　もう、終わりに……ひむううっ」

「今度は義姉さんが上になってください」

　気づいたときには騎乗位の体勢になっていた。

　後ろ手に手錠をかけられているので、浩之のすることに抗えない。和式便所で用を足すときのように、足の裏をシーツに着けた格好にされてしまう。自分の体重が股間にかかることで、肉柱をより深く呑みこむ結果となっていた。

「ひうンンッ、ふ、深いっ……あああッ」

「ううっ……義姉さんのオマ×コ、嬉しそうにザワついているよ」

浩之は興奮冷めやらぬ様子で、くびれた腰に手をまわしてくる。首を持ちあげて結合部を覗きこみ、にやりと唇の端を吊りあげた。

「奥まで入ってるのわかりますか？　好きに動いていいんですよ」

「そんなこと……ああンっ、どうして意地悪ばかりするの？」

美佐子は眉を困ったような八の字に歪めて、おもむろに腰を振りはじめる。強要されるまでもなく、身体が甘美な刺激を欲していた。

背後で手錠をジャラジャラ鳴らしながら、ゆっくりと腰を前後に動かしてみる。さらに円を描くように回転させて、徐々にスピードをあげていく。

「ンっ……あっ……ああっ……奥が擦れて……ンはああっ」

膣壁に亀頭を擦りつけると、たまらない快感が湧き起こる。自然と腰の振り方が激しくなり、円の直径が大きくなった。

「いいね……うぅっ、義姉さん、すごく気持ちいいよ」

浩之がうっとりとした表情でつぶやき、乳房に手を伸ばしてくる。挿入されながら、双つの膨らみを揉みしだかれるのが心地いい。乳肉が蕩けてしまいそうだ。さらに勃起した乳首を摘まれた瞬間、思わず力が入って男根を強く締めあげた。

「ひゃうッ！　乳首、あああンっ」

「くっ、締まる……チ×ポが絞られるみたいだ」

浩之が快楽の呻きを漏らすと、それに呼応するように愛蜜の量が自然と増える。腰の動きも激しくなり、美佐子が受ける快感も急激に膨れあがった。

「あふっ、浩之くんのオチ×チン、わたしのなかでヒクヒクしてる」

手錠をかけられていながら、義弟を犯しているような妄想に囚われる。積極的に腰を振りたてると、妹の旦那を強引に寝取っている気分になり、これまでにない興奮に心が震えた。

（わたし、こんなに淫らだったなんて……ああっ、腰が動いちゃう……）

朋美に悪いと思いながらも、逞しい男根から離れられない。快感は加速度的に膨らみ、蜜壷は男根を咀嚼するようにヌプヌプと蠢いていた。

「あぁッ……あああッ……いいっ、太いところが擦れて、すごくいいっ」

「カリが引っかかるのが気持ちいいんだね。もっと腰を大きくまわしてごらんよ」

浩之にうながされるまま、ヒップを大きく回転させる。すると蕩けた媚肉に鋭く張りだしたカリが食いこみ、痺れるような愉悦がひろがった。

「くああッ、すごく擦れるの、ひッ、ひぃッ……もう、ンあああッ」

興奮に比例して喘ぎ声が大きくなる。華蜜の量も増えて、シーツまでぐっしょりと濡れていた。しかし、両手を拘束されての騎乗位では、どうしても動きを制限されてしまう。

「あッ……あッ……ひ、浩之くん、ああンっ、もう、お願い……」

「義姉さん、たまらなくなってきたみたいだね……くぅぅっ」

浩之は快楽に呻きながらも、美佐子が追いこまれていることを悟っていた。ヒップを抱えこんで尻肉を鷲掴みにすると、真下から肉柱を突きあげてくる。女体を激しく揺すりたてて、一気に快楽の渦へと巻きこんでいくのだ。

「ひンッ、あひンッ、ズンズン来るっ、ひあああッ、子宮まで響くぅっ」

子宮口を激しく叩かれると、瞬く間に意識がピンク色に染まってしまう。蜜壺は勝手に男根を食い締めて、抽送に合わせて腰を卑猥にまわしていた。

「義姉さん、激しいね……うぅっ、朋美とするより気持ちいいよ」

「あンっ、いやンっ、朋美のことは言わないで……ひッ、あひッ、い、いいっ」

美佐子は恨みっぽくにらみつけると、意識的にペニスを締めあげる。足指はシーツを摑むように丸まり、手錠を嵌められた両手は強く拳を握っていた。

「ああッ、わたし、もうっ……あああッ、ねえ、ダメになりそうっ」

「ぼ、僕も……うああっ、義姉さんっ……それ、感じるよっ」

浩之も切羽つまった声を漏らしながら、勢いをつけて男根を叩きこんでくる。内臓を突き破られそうな衝撃を受けて、熟れたヒップが上下にバウンドした。

「ひいいッ、強いっ、壊れちゃうっ……ひいッ、あひいいッ」

美佐子の裸体は為す術もなく揺さぶられる。ついに頭のなかが真っ白になり、遠くに見えていた絶頂の高波が、倒錯感とともに急激に押し寄せてきた。

「もうイキそう、うあああッ、気持ちいいっ、浩之くんもいっしょにっ」

「くううっ、すごいよ、義姉さんっ、僕も、もう……うわあああッ！」

浩之が尻肉に十本の指を食いこませて、勃起した肉棒を根元まで埋めこんだ。同時に呻き声をあげながら、欲望のままに腰を激しく震わせた。

「あひいッ、すごい、奥に出てる、あああッ、いいっ、気持ちいいっ、浩之くんっ、イクっ、イッちゃうっ、ああッ、あひあああぁぁぁぁぁッ！」

手錠をかけられたＭ字開脚の騎乗位で、またしても桃源郷《とうげんきょう》へ追いやられる。義弟にたっぷりと精液を注ぎこまれて、背徳感にまみれたオルガスムスを貪った。

美佐子は裸体をのけ反らせて痙攣すると、浩之の隣に倒れこんだ。激しいエクスタシーの波に晒されて、もう指一本動かすことすらできなかった。

(わたし……またこんなことを……)

浩之との関係はあまりにも危険すぎる。

何度セックスしても、まったく飽きることがないのだ。身体を重ねるたびに新たな快感を発見している。禁断の肉交で得られる愉悦には、もしかしたら際限がないのかもしれない。

「義姉さん……最高だったよ」

浩之が息を切らしながらつぶやいた。その横顔には満足そうな笑みがひろがっている。出産間近の妻のことなど、すっかり忘れているに違いなかった。

「手錠を外す前に、もう一回楽しもうよ」

すでに二度も射精しているのに、浩之のペニスはまだ硬度を保っている。驚異的な持続力で、休むことなく三回戦に挑むつもりらしい。

「ま、待って……まだ、するの?」

美佐子は小さく首を振りながらも、目もとをねっとりと上気させていた。

(朋美、許して……やっぱり、離れられない)

潮時だということはわかっている。しかし、この身も心も蕩けるような快楽を忘れられるのだろうか。今の美佐子には到底無理なことに思えた。

3

朋美が里帰りしている間、美佐子は一日も欠かさず浩之と会っていた。

仕事が終わると妹夫婦のマンションに行き、空が白むまで肉欲を貪りつづける。欲望はとどまるところを知らない。罪悪感さえ快楽を高めるスパイスにして、汗みどろのセックスを繰り返した。

二度と抜けだすことのできない情欲地獄に嵌まりこんでしまった。肉欲に抗うことができず、流されるまま身体を重ねつづけた。

しかし、夢のような日々にもいつかは終焉《しゅうえん》が訪れる。

先週、朋美が実家近くの病院で女児を出産した。連絡を受けた浩之は、翌日に仕事を休み、新幹線で静岡に向かった。夜には東京に戻ってきたのだが、すっかり顔つきが変わっていた。

初めての子供がよほど可愛かったらしい。日帰りで疲れているはずなのに、夜通し娘のことを話しつづけた。妹が里帰りしてからセックスしなかったのは、この日が初めてだった。

それから一週間、浩之と一度も会っていない。

ぱったりと連絡が途絶えていた。これまでは浩之のほうから、日に何通もメールがあった。それなのに子供が生まれてからは、こちらからメールを送っても返信してこないのだ。

避けられているのは間違いない。

美佐子は漠然とした不安を抱えながら、日々を過ごしていた。

このまま終わりになるとは思いたくなかった。罪の意識に駆られながらも、浩之とのセックスにどっぷりと浸っていた。美佐子にとって、この関係をやめることは考えられなかった。

そして今日の夕方、一週間ぶりに浩之からメールがあった。

素っ気ないほどシンプルな文面で、待ち合わせ場所のシティホテルの名前が書かれていた。

ＨＯＴＥＬアディオス——。

外で会うのは初めてだ。嫌な予感がした。

いつもどおり仕事を終えた美佐子は、会社近くのカフェで時間を潰してから、タクシーでホテルに向かった。

浩之はロビーの柱の陰に、まるで身を潜めるように立っていた。美佐子に気づくと、無言で手を取りエレベーターへと乗りこんだ。

（ああ、浩之くんの手……）

義弟の温もりを感じて、思わず涙が溢れそうになる。

しかし、美佐子の胸にあるのは、久しぶりに抱いてもらえる期待感ではない。悪い予感が現実になるような気がして、暗雲のように不安が立ち籠《こ》めていた。

浩之の顔は血の気が引き、まるで紙のように白くなっている。部屋に到着するまで、二人ともいっさい口を開かなかった。

無言のまま部屋の中央に歩を進める。

間接照明に照らされたダブルベッドが妙に生々しい。美佐子は義弟の背中を見つめて、思わず生唾を呑みこんだ。

「お義姉さん……」

黙りこんでいた浩之が、意を決したように振り向いた。

「許してくださいっ」

いきなり腰を直角に折って頭をさげる。春の新入社員研修でしか見ないような、きっちりした謝罪の仕方だった。

浩之は顔をあげようとしない。視線を合わせるのを避けているのだろうか。それとも罵倒の言葉を覚悟して震えているのだろうか。あるいは愛想を尽かした義姉が立ち去るのを待っているのかもしれない。

(ど、どうして謝るの？　こんなのって……あんまりだわ)

美佐子は言葉を失い、その場に立ちつくしていた。

いずれにせよ別れ話を切りだされた美佐子にとって、これほど居心地の悪い状況はなかった。顔を見ようともせずに黙りこんでいる浩之を見ていると、悲しさを通り越して、腹立たしさがこみあげてくる。

いつかはこういう日が来るとわかっていた。お互い最初から遊びと割り切っていたのだから、大人の付き合いらしくスマートに別れたかった。

(それなのに……)

肩を震わせている浩之から視線をそらし、虚ろな瞳を窓の外に向けていく。

マンションではなくホテルに呼びだされた時点で薄々わかっていた。おそらく二人の関係を、日常から切り離したかったのではないか。今後、マンションで二人きりになる状況は徹底して避けられるだろう。

「ぼ、僕……」

唐突に浩之が口を開いた。ゆっくり顔をあげると、潤んだ目で見つめてくる。

「立派な父親になりたいんです」

子供が生まれて父性が芽生えたらしい。朋美への罪悪感からか声が震えている。これまで見たことのない真剣な表情になっていた。

「そう……。父親に……ね」

美佐子の声は掠れている。わかっていたことだが、やはりショックだった。口を開くと嗚咽が漏れそうで、それ以上なにも言えなくなってしまう。

「勝手な言い草かもしれませんが、このままではいけないと思ったんです」

悲痛な声だった。浩之の目には涙さえ滲んでいる。だが、どんなに訴えられたところで、納得することはできなかった。

(いけないことをしてるって、最初からわかってたじゃない)

美佐子は何度もやめようとした。それなのに、脅迫まがいに関係を強要されたこともある。そうやってだらだらと逢瀬を重ねるうちに、身体は離れられなくなってしまったのだ。

（自分の都合だけで……）

美佐子は心のなかでつぶやいた。子供が生まれたことであっさり捨てられるのかと思うと、なにもかもが馬鹿らしくなってしまう。

「勝手すぎるわ……」

腹の底からこみあげてくる怒りが、無意識のうちに言葉となっていた。

「え？　今……なんて……」

浩之が怯えたような目を向けてくる。セックスのときの男らしさは影を潜めて、まるで捨て犬のように震えていた。

そんな情けない姿を見せられると、なおのこと憤怒を抑えられなくなる。美佐子は義弟に抱きつくと、そのままダブルベッドに押し倒した。

「急にそんなこと言われて、納得できるはずないじゃない！」

「わっ……お、お義姉さん？」

仰向けになった浩之の下肢にまたがり、ベルトを外しにかかる。スラックスとボクサーブリーフを一気におろすと、萎《な》えきった陰茎を剝きだしにした。

浩之はまったく抵抗せずに、美佐子の好きにさせている。その完全に受け身の態度が、一方的な終結宣言のように感じられて腹立たしい。

「いいわ。わたしが大きくしてあげる」

美佐子は服を脱ぎ捨てて全裸になると、逆向きに浩之の身体に覆い被さった。男の顔面をまたぐシックスナインの体勢だ。

「わたし、すごく濡れてるの。ねえ、この意味わかるでしょう……はむううっ」

誘うように囁くと、縮みあがった陰茎をいきなり口に含んでいく。シャワーを浴びていないので、濃厚な牡の香りが口内にひろがった。

「ああっ、この匂い、たまらないわ……はむっ、あむむうっ」

「お義姉さん……僕は、もう……」

消極的な浩之の声に耳を傾けるつもりはない。

舌を使って唾液をまぶし、根元を指であやしてやる。先端の鈴割れを舌先でチロチロ舐めて、陰嚢《いんのう》を手のなかでねっとりと揉みしだく。もちろん、すべて浩之に教えこまれたテクニックだ。

「浩之くんがその気になるまでやめないから……あむっ、あむふううっ」

さらに陰嚢を口に含んでやさしく睾丸《こうがん》を転がせば、義弟の腰に微かな震えが走り抜けた。

「くううっ……そ、そんなにされたら」

「ふふっ……感じてきたのね。はむうぅっ」

肉棒を根元まで呑みこみ、頬がぼっこり窪むほど思いきり吸茎する。すると急に芯が通りはじめて、柔らかかった肉茎がまるで鉄棒のように硬くなった。

「ぷはぁっ……浩之くんのオチ×チン、こんなに大きくなったわよ。おしゃぶりされるのが好きなのね。じゃあ、これは？　ねえ、こうされるの気持ちいい？」

美佐子は熱く硬化した茎胴を、右手の指で扱きたてる。亀頭の先端に唾液をトロトロと垂らしてローション代わりにすると、リズミカルな手コキで一気に追いあげていくのだ。

「本当はしたいんでしょう。いつまでやせ我慢するつもり？」

「うっ……くぅっ……お、お義姉さん……」

「ほら、こんなに硬くなってるのよ。わたしのなかに入りたいって、先っぽから涙が溢れてるわ」

肉胴をねっとりと扱きながら、ソフトクリームを舐めるように亀頭をぺろりと舐めあげる。尿道口に盛りあがった透明な汁を啜りあげると、苦み走った牡の匂いが口内にひろがった。

「はあンっ、美味しい……浩之くんも舐めて……ああンっ、早くぅ」

義弟の顔をまたいでいるヒップを悩ましく揺すり、口唇愛撫のおねだりをする。もちろん、その間も舌を這わせてカウパー汁を味わいつづけた。

「も、もう……うああっ、お義姉さん！」

懸命に耐えていた浩之だが、ついに我慢の限界を突破したらしい。いきなりヒップを抱えこんでくると、濡れそぼった陰唇にむしゃぶりついてきた。

「お義姉さんが……くううっ、美佐子さんがいけないんですよっ」

「あああっ、やっとその気になってくれたのね、嬉しい……おむううっ」

美佐子も陰茎を口に含むと、激しく首を振りたてる。大量に溢れる先走り液で喉を潤し、女の源泉を吸いあげられる快楽に剝きだしの肛門をヒクつかせた。

義弟の身体に覆い被さってのシックスナインだ。美佐子は夢中になって男根をねぶりまわし、浩之も本能に突き動かされるように女陰に舌を這わせてくる。お互いに性感を昂ぶらせて、尿道口と膣口からとめどなく淫汁を垂れ流していた。

「むはぁあっ、もう我慢できないわ」

美佐子は男根を吐きだすと、シックスナインの体勢から身体をずらして義弟の股間にまたがった。

「このオチ×チンはわたしの物よ。誰にも渡さない……はンンンっ」

右手で陰茎の根元を持ち、ゆっくりと腰を落としていく。巨大な亀頭が蕩けた陰唇を押し開き、ズブズブと媚肉のなかに沈みこんでくる。両膝をシーツに着いた背面騎乗位で繋がったのだ。

「ふ、太い……あああぁッ」

途端に強烈な快感がひろがり、ヒップを突きだすような前屈みになる。無意識のうちに義弟の足首を摑み、ひと息に根元まで咥えこんだ。

「くうっ、美佐子さん……うああっ、美佐子さんっ」

浩之も興奮した様子で腰を震わせる。ペニスはこれでもかと硬化し、カリが膣壁にがっちり食いこんできた。

「すごいわ、ああンッ、たまらないっ」

美佐子は義弟の両足首を握り締めると、腰を大きく振りはじめる。ヒップをバウンドさせるようにして、肉柱を激しく擦りあげるのだ。結合部からグチュグチュと卑猥な水音が響き、蜜壺が勝手に収縮した。

「いいっ、気持ちいいっ、あッ、あッ、これよ、これが欲しかったのぉっ」

恥も外聞もなく髪を振り乱し、肉づきのいい双臀を上下に弾ませる。乳房が揺れるのも気にせず、一心不乱に義弟の男根を味わいつくす。愛蜜まみれの砲身が出入りするたび、蕩けるような愉悦が爆発的に膨れあがった。

「ああッ、ああッ、浩之くんのオチ×チン、すごく感じるぅっ、ひあああッ」

「そんなに締められたら……くううッ！」

浩之の苦しげな呻きが引き金となり、ますます腰振りのスピードがアップする。淫らにしゃくりあげて、義弟の男根を意識的に絞りあげた。

「うおっ、チ×ポがちぎれそうだ……くおおっ」

「もっと気持ちよくなって、あふンッ、わたしも……あンッ、ああンッ」

美佐子は股間を密着させて腰をまわし、媚肉と男根の一体感に酔いしれる。そして、いよいよフィニッシュに向けた腰振りを開始した。

膝を伸ばして腰を浮かし、亀頭が抜け落ちる寸前まで肉竿を排出する。と、一気にヒップを叩きつけて根元まで呑みこんだ。

「ひああッ、奥が感じるの……あッ、あッ、先っぽが当たって、すごくいいっ」

「くうっ、美佐子さんっ……ぼ、僕、もう……ううううっ」

浩之が絶息《ぜっそく》しそうな声で訴えてくる。

射精感が高まっているのは間違いない。膣襞がイソギンチャクのように蠢いて、男根をさらに奥へ引きずりこもうとするのだ。その快感は強烈らしく、ペニスの先端から粘り気の強いカウパー汁が溢れだしていた。

美佐子も下腹部から湧きあがる愉悦に全身を火照らせながら、絶頂感が急速に迫ってくるのを感じていた。

「ンあああッ、来るわ、浩之くんもいっしょに……ああッ、ひああッ」

「美佐子さんっ、僕、もう……うああッ、抜かないと、出ちゃいますっ」

「ああッ、ああッ、いいのよ、出して、美佐子のなかに出してぇっ！」

なおのこと激しく腰を振りたくり、義弟のペニスを力いっぱい締めあげる。膣壁に食いこんでくるカリの感触に身震いしながら、勢いよくヒップを弾ませた。

「す、すごいっ、もう出るっ……くああッ、美佐子さんっ、うぐうううッ！」

「あひいいッ、出てるわ、ひいいッ、感じるっ、熱くて気持ちいいっ、あああッ、すごいっ、わたしもイクわ、ああッ、イクイクっ、イックうううッ！」

義弟に中出しされると同時に、美佐子は背面騎乗位で繋がったまま全身を激しく痙攣させる。汗ばんだ乳房を揺すりたてて、ついに目も眩むようなオルガスムスの高波に呑みこまれていった。

（やっぱりすごい……もう、浩之くんから離れられない……）

絶頂の余韻のなかを漂いながら、美佐子は心のなかでつぶやいた。

妹には悪いと思うが、熱い精液を注ぎこまれるたびに気持ちが強くなる。これほどの愉悦を与えてくれるペニスを手放せるはずがない。

快楽を教えこまれた肉体は完全に溺れていた。

もう、この逞しい男根なしでは生きていけそうになかった。

エピローグ

数日後――。

美佐子と浩之は、再び〝HOTELアディオス〟の部屋にいた。

「浩之くん……ありがとう」

震える声でつぶやき、そっと睫毛を伏せていく。悲しみがこみあげてくるが、取り乱すことはなかった。

この数日、ほとんど眠ることなく悩み抜いた。

先日このホテルで身体を重ねたときは、浩之から離れられないと強く思った。だが冷静になると、やはり選ぶべき道はひとつしかなかった。苦渋の決断と言っていいだろう。しかし、遅かれ早かれ、こうなることはわかっていたのだ。

とにかく、妹の朋美を悲しませたくなかった。

嫉妬に駆られて一方的に恋敵《こいがたき》のように思ったこともある。だが、姉として彼女には幸せになってもらいたい。子供が生まれて浩之にも父親としての自覚が出てきたようだ。今の二人には希望がある。きっとどんな困難も乗り越えていけるだろう。

（でも……わたしは……）

ふと一抹の不安が胸をよぎった。

男に依存しないで生きていく。夫を亡くして、堅く心に誓ったはずだった。しかし、胸にぽっかりと穴が開いたような喪失感は誤魔化しようがない。

熱い物が頬を伝い落ちる。涙だと気づいたときには、とまらなくなっていた。最後にもう一度抱かれたい。でも、そんなことをすれば余計に別れがつらくなる。

「お義姉《ねえ》さん……ごめんなさい」

浩之がいつになく神妙な顔でつぶやいた。

謝る必要などまったくない。やはり彼は今の今まで、美佐子の気持ちを少しも理解していなかったのだろう。

美佐子にとっての浩之は、つまるところ亡くなった夫――篤史の代わりでしかなかったのだ。別れるという決断を下してから、痛切にそう思った。そして、亡夫の代わりはいないということも。

（浩之くんのおかげで、あの人のことを忘れられた……ありがとう）

美佐子はもう一度心のなかで繰り返すと、そっと睫毛を伏せて歩きだす。浩之はなにか言いたそうにしていたが、引き留める言葉はかけてこなかった。

未練がないと言えば嘘になる。しかし、義弟との関係をようやく終わらせることができて、どこか安堵している部分もあった。

涙を拭いながらホテルの外に走り出る。タクシーを拾おうと思って手を挙げかけたとき、聞き覚えのある声が後を追ってきた。

「麻倉くん、なにかあったのかい？」

驚いて振り返ると、そこには堂島の姿があった。

「部長……どうして？」

「やっぱりホテルはひとりで来るもんじゃないな。気が滅入《めい》るよ」

こちらの気も知らずに、いつもの微笑を浮かべている。しかし、その笑みの裏には気遣うような温かさが感じられた。

「こんなところで、なにを……」

「キミのことが忘れられなくて……なんて、女々《めめ》しいことは言わないさ」

冗談めかして言っているが、堂島の熱い視線はいつも感じていた。だが、美佐子はあえて気づかない振りをしてきたのだ。

「じつは、会社帰りにカフェに寄ったら、麻倉くんを見かけたんだ」

残業を終えてから待ち合わせまで、会社近くのカフェで時間を潰した。思えば、あの店は堂島の行きつけだった。

「それで後をつけてきたんですか？」

すかさず冷たい言葉を返すと、堂島は困ったように頭を掻いた。

「いや……ここのところ塞ぎこんでいただろう。やっぱり、キミのことが心配でさ……」

確かに集中力がつづかずミスが多かった。同僚たちにも不審がられていたのはわかっていた。

「これじゃあ、ストーカーだな……ははは」

自嘲気味に笑う堂島だが、悪い気がしないのはなぜだろう。

妙な沈黙が流れて、堂島がしきりに咳払いする。そして急に真剣な表情になり、瞳を見つめながら語りかけてきた。

「僕は本気なんだ。どんな過去があろうと構わない。今のキミが好きなんだ」

「ぶ、部長？　なにを……いきなり……」

言葉とは裏腹に、じつはそれほど驚いていなかった。

本当はずいぶん前から気づいていた。堂島が真剣な交際を望んでいたこと。そして自分自身も、遊びではない本気の相手を求めていたことを……。寂しさを誤魔化すため、他の男に抱かれていたことを。

堂島はすべてを見抜いていたのかもしれない。

今が絶好のタイミングだった。そのうえで愛の告白をしてくれたのではないか。

亡くなった夫への未練を引きずったままでは、真剣な愛を受けとめることはできない。新たな一歩を踏みだすには、温かい言葉とほんの少しの勇気が必要だった。

「絶対に僕はいなくなったりしない。キミのことを一生支えていくよ」

胸に熱いものがこみあげて、気づくと嗚咽が溢れだしていた。

最愛の夫を亡くして四年、美佐子のとまっていた時間がようやく動きだそうとしていた。

堂島の逞しく、そして温かそうな胸に飛びこんでいこうと、美佐子は素直な気持ちで踏みだしていった。

（了）

※本書は二〇一一年三月に刊行された竹書房ラブロマン文庫『蜜会 濡れる未亡人』の新装版です。